महुआचरित

[लघु उपन्यास]

महुआचरित

काशीनाथ सिंह

राजकमल प्रकाशन

ISBN : 978-81-267-2229-7

मूल्य : ₹250

पहला संस्करण : 2012
दूसरा संस्करण : 2019

प्रकाशक : राजकमल प्रकाशन प्रा. लि.
1-बी, नेताजी सुभाष मार्ग, दरियागंज
नई दिल्ली-110 002

शाखाएँ : अशोक राजपथ, साइंस कॉलेज के सामने, पटना-800 006
पहली मंजिल, दरबारी बिल्डिंग, महात्मा गांधी मार्ग, इलाहाबाद-211 001
36 ए, शेक्सपियर सरणी, कोलकाता-700 017

वेबसाइट : www.rajkamalprakashan.com
ई-मेल : info@rajkamalprakashan.com

मुद्रक : बी.के. ऑफसेट
नवीन शाहदरा, दिल्ली-110 032

MAHUAACHARIT
Novelette by Kashinath Singh

पुरुषार्थ
और
प्रतिभा
के लिए

जब तक
समाज ऐसा है
तब तक
झूठ या छल ही हमारा अन्तरिक्ष है

एक

1

जब तक मैंने पढ़ाई खत्म नहीं कर ली
तब तक प्यार की अहमियत मेरे लिए
'फुटनोट' से ज्यादा नहीं थी। यह तब कह रही हूँ जब
थीसिस जमा हो चुकी है।
ऐसा नहीं कि मुझे प्रेमी नहीं मिले, मिले
बातें भी कीं, पीछे भी पड़े
लेकिन उन्हें समझते देर नहीं लगी कि इस तरह की
फालतू
चीजों में मेरी कोई दिलचस्पी नहीं। अगर कैरियर बन
जाय
तो इसके लिए सारा जीवन पड़ा है!

थीसिस जमा करने के बाद मैं एकदम खाली। समय ही
समय।
काटे न कटे। कोई कितना पढ़े उपन्यास, कविताएँ और
कहानियाँ? कोई कब तक देखे खिड़की से सड़क पर
आते-जाते आदमी? कोई कब तक सुने पुराने फ़िल्मी
या सेमी क्लासिकल गाने? किसी सहेली से फ़ोन पर
बातें
भी करो तो कब तक और कितनी?

और सच कहूँ तो मैंने सहेलियों से बातें करनी बन्द
कर दी थीं। करनी ही नहीं, सुननी भी बन्द कर दी
थीं।
क्यों? क्योंकि ज्यादातर की शादियाँ हो चुकी थीं। कोई
भी घंटे-पौन घंटे से कम बातें नहीं करती थी। बातें
थीं कि खत्म होने का नाम नहीं लेती थीं। किसी के
अपने 'हनीमून' के किस्से थे तो किसी के पास आधी
रात के, तो किसी के पास भिनुसार के, तो कोई
इतवार की दुपहरिया के ही किस्से सुनाने लगती। कोई
नहीं सोचती कि इन्हें सुन कर मुझ पर कैसी
गुजरती होगी।
हर एक की अपनी अपनी खुशियाँ और
अपने अपने उल्लास और अपने अपने रोमांच थे!
मर्द तो सबके ऐसे थे जैसे इस धरती पर नहीं हैं।

मैं उन्हें सुनती रहती और हाँ-हूँ करती रहती! मुझे उनसे जलन और ईर्ष्या होती। मन उदास और खिन्न हो उठता। बेचैनी बढ़ जाती। बेशर्मी की हद तो तब होती
जब पति के साथ लेटी हुई फोन पर बातें कहती जातीं
और बीच-बीच में चिहुँकती, और खिलखिल
करती रहतीं।

2

मैं अकेली-बेहद अकेली हो गई थी।
मैं जब भी बाथरूम में नहाने जाती, कपड़े अलग करती
और अपने बदन को बड़े गौर से देखती।
हो सकता है गलत हो यह लेकिन जाने क्यों मुझे लगता
कि यह शरीर गमले में पड़े गुलाब के उस पौधे की तरह
हो गया है
जिसे अगर तुरन्त पानी न मिला तो सूखते देर न लगेगी!
इसे पानी चाहिए, कोई पानी दो।
लेकिन कौन देगा पानी?

अस्सी साल के पापा स्वतंत्रता सेनानी। विचारों से सेकुलर।
देश की दुर्दशा से दुखी! जिसे विकास कहते हैं वह
विनाश

था उनकी नजर में। वे सिरहाने एक पुराना-धुराना ट्रांजिस्टर
रखते थे और बी.बी.सी. सुनते थे। रात भर खाँसते थे और
सुबह के अखबार का इन्तजार करते थे। अखबार हाथ में
आते ही मम्मी को बुला लेते। वे राजनीतिक हलचलें कभी
नहीं पढ़ते (उनमें उनकी दिलचस्पी खत्म हो गई थी) पढ़ते
खाप पंचायतों की रपटें और उसके फैसले पर बिफर पड़ते।
'जब निर्णय पहले ही कर लिया तो पंचायत किस बात की?
और तुम सालो मुड्ढ, अपढ़, जाहिल, क्रिमिनल! तुम
होते कौन हो फैसला देने वाले?'...ऐसे ही पढ़ते बहू
को जलाने की वारदातें और ससुराल वालों पर
बरस पड़ते...लेकिन जब पढ़ते कि वधू ने मंडप
में वर को थप्पड़ मारा और विवाह से इनकार कर
दिया तो खुशी में खड़े हो जाते और इतनी ऊँची
आवाज में बोलते कि मैं भी सुन लूँ। 'तो देखा?
यही है नई पीढ़ी—नौजवानों की वह जेनरेशन
जो देश को बचाएगी भी और बनाएगी भी! वरना
मेरा भारत तो इतना महान हो चुका है कि शर्म से
सर झुक जाय। क्या है कि इसे हम सुबह

नहीं कहेंगे, शाम भी नहीं कहेंगे; कहेंगे 'भोर-काल'
जिसमें अँधेरा भी रहता है और उजास भी!
समझा?'

पापा की ये बातें कभी बहुत अच्छी लगती थीं
लेकिन अब इनसे चिढ़ पैदा होती थी। सारी जिन्दगी
तुम देश और दुनिया के ही बारे में सोचते रहे
कभी अपनी बेटी के बारे में भी सोचा?
तुम्हें तो यह तक पता नहीं कि तुम्हारी बेटी की
उम्र क्या है? उन्तीस या तीस, तुम जिन
सहेलियों के बारे में पूछते हो, उनमें कितनी माएँ
बन चुकी हैं और कितनी पेट से हैं? तुम यह भी
जानते हो कि न दहेज दे सकते हो, न मैं वैसी शादी
कर सकती हूँ। फिर तुम खुल कर क्यों नहीं कहते कि
बेटी, तुम्हें जो करना है करो। हम साथ हैं तुम्हारे!

एकदिन जब मैं अपने कमरे से निकल रही थी
पापा अपने कमरे के बाहर खड़े दिखे! थोड़ी देर
बाद जब मैं अपने कमरे में लौटी, उन्होंने
आवाज दी–'महुआ! जरा इधर आओ बेटा।'
मैं उनके पास गई। बोले–'क्या बात है?
इतनी कुम्हलाई हुई क्यों हो आजकल?
दुबली भी हो गई हो। मम्मी कह रही थीं कि
ठीक से खा-पी भी नहीं रही हो। ऐं? मेरे मुँह
से अपने आप निकला–'पानी!' वे ठठाकर

हँसे—'तो पिया करो। पानी तो खूब पीना ही
चाहिए। लेकिन वही सब कुछ नहीं है!' वे
लौटते-लौटते खड़े हो गए—'ऐसा है बेटा कि किताब
कापी, गाने, खिड़की—ये सब तो हैं ही। कभी-कभी
बाहर भी निकलना चाहिए। अकेले न जाना हो तो
मम्मी को भी ले लो! और नहीं तो घर में ही ऊपर
इतनी बड़ी छत है। काहे के लिए है? सिर्फ कपड़े सुखाने
के लिए?
समझ रही हो ना?'

3

छत।
यही छत मेरे जीवन का 'टर्निंग प्वाइंट' बनी।
यह मेरे लिए 'सरग नसेनी' थी।
इधर शाम ढलती, उधर मैं छत पर।
और जब तक छत पर रहती थी, तब तक महसूस करती थी कि

न आकाश है, न धरती है
न बेहड़ है, न परती है

न नदियाँ हैं, न नाले हैं
न पेड़ हैं, न पालो हैं

न पर्वत हैं, न जंगल हैं
न बारिश है, न बादल हैं

न गाँव हैं, न नगर हैं
न नारी हैं, न नर हैं

सिर्फ मैं थी और वह फीका चाँद था और वे छिटपुट तारे
थे
और एक अबूझ सिम्फनी
थी जो मेरे भीतर गूँजती रहती थी।
देखते-देखते यह छत मेरी सहेली बन गई।
कब मेरा दुपट्टा खींच रही है, कब मेरे बाल
और गाल सहला रही है, कब मेरी बाहें फैला कर
उनके पंख बना रही है और शून्य में उड़ना सिखा
रही है और कब उड़ाते हुए एक तारे से दूसरे, तीसरे,
चौथे, पाँचवें...यानी बारी-बारी से सभी छिटके तारों
पर बिठालते हुए अन्त में चाँद पर लिटा देगी
और सुस्ताने के लिए छोड़ देगी—मुझे पता ही
नहीं चला।

मुझे कभी कभी लगता है कि मेरी बाढ़ नार्मल लड़कियों
जैसी नहीं रही। मैंने देह की माँगें बराबर अनसुनी कीं।
उसकी जरूरतें अनदेखी कीं। यह अजीब-सी बात है कि
जो
मुझ पर आसक्त होते थे, उन्हें मैं बच्चा समझती थी

और जिन पर मैं आकृष्ट होती थी, वे मुझे बच्ची
समझते थे! यह कौन-सा मनोविज्ञान है?

यही बेवकूफी मैंने हर्षुल के साथ की थी। लम्बा, छरहरा खूबसूरत लड़का। संपन्न और शिक्षित परिवार। पोजीशन होल्डर। शैडो की तरह अपनी साइकिल लिए मेरे साथ या आगे-पीछे चलने वाला। मैं क्या थी उसके आगे? किस बात की ऐंठ? अपनी किस बात का गुमान?
आखिर
गलती क्या थी उसकी?
हुआ ये था कि क्लास में एक घटना हो गई। जैसे ही
कायस्था सर आए, पढ़ाना शुरू किया कि दो
गुब्बारे पंखे की हवा से इधर-उधर नाचने लगे—दोनों सफेद। उनका भी ध्यान गया। वे गुब्बारे नहीं थे। निरोध को फुला कर किसी ने डोरे से बाँधकर उन्हें छोड़ दिया था। उनके ऊपर एक लड़की का स्केच बनाया था
और लिखा था—'आज की आवाज', 'यूज एंड थ्रो'
'लड़की और निरोध समान है'। हड़कम्प मच गया था।
कायस्था सर ने गुब्बारे आफिस में भिजवा दिये
और क्लास छोड़ दिया।

उस दिन भी हर्षुल मेरे साथ युनिवर्सिटी के गेट
तक आया। आहत और दुखी। वह कुछ बोलता नहीं था लेकिन मुझे प्यार करता था। उसने कहा—'चलो, कहीं बैठें, चाय पियें।' मेरा दिमाग खराब था। उसका साथ

आना अच्छा नहीं लगा था। मैंने साइकिल रोकी और उसे देखने लगी। वह सीधा-सादा सरल। उसने पूछा–
'अच्छा, यह बताओ। भावना नाम की कोई चीज नहीं होती क्या?'
'सुनो, अब तुम जाओ। आगे से कभी न मेरे साथ चलना, न बातें करना। गुडबाय।' जाने किस मूड में कहा और चली आई।
'उसकी गलती क्या थी?' मैं सोचती और पछताती रही। सोचा कि अगले दिन 'सॉरी' बोल दूँगी और बात खत्म। लेकिन वह तीन दिनों तक विभाग नहीं आया। चौथे दिन आया तो बुझा-बुझा सा। उस बच्चे की तरह जिसका खिलौना
टूट गया हो।
पीरियड खत्म होने पर डरा-डरा मेरे पास आया। बोला–
'महुआ, पता चल गया उस लड़के का!' मैं चौंकी–
'किस लड़के का?' 'अरे, उसी गुब्बारे वाले का?'
वह उत्साहित हो उठा।
मुझे गुस्सा आ गया–'तुम्हारा दिमाग खराब है? इस क्लास
में तीस लड़कियाँ हैं, अकेली मैं नहीं। मुझे क्या लेना-देना लड़के से?'
मन खट्टा हो गया। मैं फिर कुछ नहीं कह सकी।
अन्तिम बार इम्तहान खत्म होने के बाद मेरे पास आया–
'महुआ, मैं रिसर्च नहीं कर रहा हूँ, निश्चिन्त रहो। पुणे जा रहा हूँ मैनेजमेंट करने। यल्लो!'

उसने एक चिट पकड़ाई–'पछताओगे सुनो हो ये
बस्ती उजाड़ के!' यह चिट आज भी मेरे पास
पड़ी है।

इधर जाने क्यों, मुझे अक्सर वह हांट करने
लगा था। तब से चार साल हो रहे थे। हो सकता है,
पढ़ाई
के दौरान ही प्लेसमेंट हो गया हो और घर बसा कर
मस्ती मार रहा हो।

लेकिन उसकी याद क्यों आने लगी इतनी? क्या इसलिए
तो नहीं कि एक अवसर था और मैंने गवाँ दिया।

4

अगर सावन का मतलब घनघोर घटाएँ, झमाझम बारिश, बिजली की चमक और तड़क, धरती की हरियाली, बागों में झूले और कजली है तो समझिए सावन आया ही नहीं था उस बरस। बादल आसमान में ऐसे आते थे जैसे मटरगश्ती करने निकले हों। एक तरफ से आए, थोड़ी देर कहीं ठहरे, फिर कहाँ चले गए, पता नहीं। लेकिन पिछले दो दिनों से भयानक बदलाव आया था उनमें! वे काले और भारी और डरावने तो दिख ही रहे थे, बड़ी हड़बड़ी में थे। बीच-बीच में भागते हुए ऐसी गर्जना करते थे जैसे पृथ्वी को धमकी दे रहे हों।

इन्हीं दिनों एक पी.जी. महिला महाविद्यालय के मैनेजर का मुझे बुलावा मिला। हुआ यह था कि मैंने हर कालेज में
अपना बायोडाटा भेज रखा था, यह उसी की नतीजा था। मौसम बाहर निकलने का नहीं था लेकिन गई मैनेजर के पास। और लौटी तो खुशियों का खजाना लेकर। आते ही खिड़की के पास पड़ी आर्मचेयर पर लेटी और खो गई सपनों में।

सपना टूटा बिजली की कड़क और मेघों की घनघन से। देखा तो खिड़की से आई बौछारों से भींग चुकी हूँ। किसी की पुकार सुनाई पड़ रही थी लगातार–'महुआ' 'महुआ'। यह आवाज मेरी सहेली छत की थी। मैं उसी भींगी साड़ी और ब्लाउज में सीढ़ियों से ऊपर भागी। और छत पर पहुँचते ही दरवाजे की सिटकनी बन्द!

आसपास के मकानों के मुकाबले हमारे मकान की छत ऊँची
थी। छत भी और रेलिंग भी। लगभग गले की ऊँचाई भर।
हम दूसरों को उनकी छत पर देख सकते थे लेकिन दूसरे हमें नहीं। और इस मूसलाधार बारिश में तो–जहाँ सड़क पार का बरगद तक धुँधला दिखाई पड़ रहा था वहाँ आदमी जन के नजर आने का सवाल ही नहीं।

मैं टिन के शेड में अपना बचाव करती थोड़ी देर खड़ी रही। हवा बौछारें मार रही थी, टिन शोर मचा रहा था और मोटी-मोटी बूँदें छत पर असंख्य बुलबुले बना रही थीं। जाने कहाँ से मन में आया कि अगर छत से पानी के निकास का रास्ता कुछ देर के लिए बन्द कर दें तो छत बुलबुलों से भर जाय और मैं खूब छपाक-छैयाँ करूँ।

यह हवा के झकोरों का असर था या बौछारों का या मौसम का या मेरे अपने दिल का कि मैं अपने बस में नहीं रही। लगा कि हवा के झोकों से आई हुई बौछारें मानो बारिश के हाथ हों जो घुमरी खेलने के लिए मुझसे जिद कर रही हों। मैंने अपने कपड़े ऐसे उतार फेंके जैसे नोच रही होऊँ और छत पर छप्-छप् चक्कर काटती हुई निढाल होकर पानी में लेट गई।
बूँदे अंग-अंग पर छर्रों की तरह चोट कर रही थीं। खासतौर से छातियों, जाँघों और पेट पर पड़ती थीं तो जी छनछना जाता था लेकिन रोमांच भी होता था। आखिरकार जब सहा नहीं गया तो घुटनों पर सिर रख कर बैठ गई–आँखें मूँदे।
'पानी'! मेरे मुँह से निकला और चौंक गई–

वाटर वाटर एवरीह्वेयर, नॉट ए ड्रॉप टू ड्रिंक।

याद आया सहसा कि अपने को ठीक से देखे
जाने कितने बरस हो गए। इस बीच हिम्मत ही नहीं
हो रही थी कि कौन जाने सब कुछ ढलान पर हो। मैंने
आँखें
खोलीं और नजर नजदीक ही जाँघें दबाती छातियों पर
गई।
देख कर संतोष हुआ कि 'निपुल्स' अब भी वैसे ही
ब्राउन और तने हैं जैसे थे। सिर घुमा कर पीछे देखा
भरे भरे गेहुँए नितम्बों की ओर तो याद
आया वह लड़का जो संगीत महाविद्यालय वाली
रोड पर मेरे पीछे-पीछे आ रहा था। उसने अपने
साथ चलने वाले लड़के को डाँट कर कहा था–
'जरा चुप रहो। इस वक्त मेरे आगे एक ही साइज
के दो तबले चल रहे हैं। मन कर रहा है, उन्हें बजा के
देखूँ।'
मुझे यह बात याद क्या
आई कि शर्म से मेरी आँखें बन्द हो गईं।

बारिश में कोई फर्क नहीं आया था। बस हवा
थम गई थी और बूदों की मार तेज हो गई थी मैंने कपड़े
पहने और सहेली से विदा ले ली।

5

झाँक कर देखा तो पापा मम्मी अपने कमरे में गुमसुम बैठे हुए थे। ऐसा कम होता था! वे मुझे देखते रहे, फिर बोले–'बैठो!'

'कुछ खास है क्या?'

'सुशांत का फोन आया था' पापा उसी गम्भीरता से बोले।

सुशांत मेरा भाई। चार साल छोटा। गुड़गाँव की किसी कम्पनी में काम करता था दो साल से! घर से कोई सम्बन्ध

नहीं रखता था। बीच-बीच में कभी-कभार फोन करता था यह जानने के लिए कि

बवाल टला या अभी बना हुआ है। बवाल माने पापा-मम्मी। पापा उसे बिलकुल पसन्द नहीं करते थे लेकिन

जब कभी आ जाता था तो उसकी सुख-सुविधा
के लिए परेशान और बेचैन हो उठते थे।
'उसने शादी कर ली पिछले महीने!'
'यह तो खुशी की बात है। लड़की भी अच्छी थी-प्यारी
गुड़िया जैसी।'
'तुमने कहाँ से देखा?'
'आप ने भी देखा था। नहीं आया था पिछले साल उसे
लेकर?'
'यह वह नहीं है। कोई दूसरी है बलविंदर कौर!'
'जो भी है खुशी की बात है।'
'बड़ी बहन कुँवारी बैठी रहे और वह शादी कर ले
यह खुशी की बात है?' मम्मी
रूआँसे स्वर में बोलीं।
'मम्मी' मैं उठ खड़ी हुई 'हर कोई अपनी सुविधा देखता
है,
दूसरे की नहीं। मेरे
लिए भी आप दोनों को चिन्ता करने की जरूरत नहीं।'
वे मुझे देखते रह गए। जब चलने लगी तो पापा
की आवाज सुनाई पड़ी।
'वह इक्कीस तारीख को आ रहा है हमारा आशीर्वाद
लेने।
देता हूँ आशीर्वाद, आओ तो!'
'पता है, क्या देंगे?' मैं हँस कर रह गई।

21 की सुबह ही आ गए सुशांत और बलविंदर। मेरे कमरे के बगल में उनका कमरा था। बीच में ही बाथरूम था दोनों कमरों से जुड़ा। इधर मैं, उधर वे। बहू को देखने के बाद ही पापा-मम्मी का चेहरा उतर गया था। उन्होंने और मैंने भी सोचा था कि आम पंजाबी लड़कियों की तरह बलविंदर भी गोरी, लम्बी, खूबसूरत और सुघड़ होगी लेकिन यह औसत कद की दुहरे बदन की लड़की थी–शायद सुशांत से उम्र में बड़ी भी। वह उसी 'काल सेंटर' में तीन साल पहले से काम कर रही थी जिसमें सुशांत था।

पापा तो चुप्पी मारे हुए थे लेकिन मम्मी बेचैन थीं। जब भी मुझे देखतीं, पूछे बगैर न रहतीं–'समझ नहीं आता, क्या देख कर शादी की?'

मेरी मुश्किल दूसरी थी और वह ऐसी थी कि किसी से कही भी नहीं जा सकती थी। उन्हें मेरी बड़ी होने का कोई लिहाज नहीं था। उन्हें पता था कि बाथरूम में जो भी खटर-पटर करेंगे, मुझे सुनाई पड़ेगा फिर भी उन्हें कोई परवाह नहीं थी। यह भी चिन्ता नहीं थी कि मुझे भी नहाना-धोना है। वे नहाने के लिए साथ ही बाथरूम में घुसते फिर प्रेम-कलह शुरू हो जाता–कभी साबुन के लिए, कभी बाल्टी के लिए, कभी डिब्बे के लिए, कभी शावर के लिए धक्का-मुक्की, छीना-झपटी...कभी यह नहीं, वह सोप! यहाँ नहीं वहाँ, ऐसे नहीं, वैसे। सहसा खामोशी और फिर सहसा एक साथ ठहाके। कभी

फुसफुसाहट, कभी चीख! दो दिन देखने-सुनने के बाद तीसरे दिन से उनके बाथरूम में घुसते ही बाहर चली जाती अपने कमरे से!

लेकिन रात का कुछ नहीं कर सकती थी। आधी रात होते ही बलविंदर की 'मोनिंग' (आह-ऊह) शुरू हो जाती थी!

उनके विदा होने से एक दिन पहले जाने क्या सोच कर मम्मी ने रहस्यपूर्ण ढंग से पूछा–'एक बात बताओ, इसने शादी तो सचमुच की है न?'

शायद इसलिए पूछा कि उसने बलविंदर को कभी सिन्दूर लगाए नहीं देखा था!

6

वे गए।
उनके जाने पर मुझे लगा कि वे न आए होते तो अच्छा हुआ होता।
वे मेरी नींद और चैन लिए गए।
और भर गए मेरे भीतर अकेलापन, खलबली, बेबसी और बेचैनी।
यह बेचैनी उस वक्त पागल कर देती जब मैं कल्पना से एक सुगठित
जिस्म तैयार करती और जैसे ही उस पर एक चेहरा रखना चाहती,
चेहरा मेरे भाई सुशांत का चला आता।
बहुत काटा-पीटा, बार-बार डस्टर

घुमाया, कालिख पोती फिर भी वही चेहरा।
मैं विक्षिप्त होने लगी थी, सच।

डिप्रेशन में चली गई थी जैसे
उस वक्त जब बाजार से गुजरती
तो कनखियों से इधर उधर देखने लगती
कि लोग मुझे देख क्यों नहीं रहे हैं?
कि कोई मेरी चाल पर कमेंट क्यों नहीं पास कर रहा
है
कि उस बच्चे ने मुझे दीदी क्यों नहीं कहा? आंटी क्यों
कहा?
इसी तरह की फालतू बातें जो कभी दिमाग में नहीं आती
थीं
आने लग गई थीं।
शामें काटे नहीं कटती थीं
यह देखकर छत–मेरी सहेली परेशान थी
बहुत बहुत परेशान।

एक शाम
जब सूरज ढल चुका था, अँधेरा बढ़ता जा रहा था,
इक्के-दुक्के तारे छिटक रहे थे
और मैं एक कोने मनमारे खड़ी थी
सड़क पार बरगद पर बैठे पंछी कभी-कभी
पंख फड़फड़ाकर उड़ते और चहचहा उठते थे फिर
अचानक सन्नाटा। मानो अथाह और अबूझ।

इसी सन्नाटे में सहेली ने धीरे-से फुसफुसा कर
मेरे कान में कहा--
'कुछ सुन रही हो? कोई आहट? कोई आवाज?'
यह आहट–यह आवाज बगल की छत से थी
चलने के साथ गुनगुनाने की
यह साज़िद था मेरा पड़ोसी नया किराएदार,
मनोविज्ञान का लेक्चरर
इकहरे बदन का लम्बा क्लीन शेव्ड आकर्षक युवक
दो बच्चों का बाप
उसकी बीबी हमीदा कहीं नहीं ठहरती थी उसके आगे
खूबसूरती में

खन्ना लोगों से इसलिए पापा नाराज थे
कि उन्होंने अधिक किराए के लोभ में मकान
मुसलमान को उठाया था
और मुसलमान से इसलिए नाराज थे
कि वह कहीं से मुसलमान नहीं दिखता था
वह घर में बरमूडा पहनता था
और उसके बच्चे मदरसा में नहीं, सेंट जोज़ेफ में पढ़ते
थे।

साज़िद से मेरा कोई रब्त-जब्त नहीं था तब तक
सिर्फ 'हलो-हलो' था
हाँ, कभी-कभार बातें हो जाती थीं किसी उपन्यास के
बारे में,

या शायरी के बारे में या मंटो के बारे में
फिल्मों के बारे में या आतंकी हादसों के बारे में
या विभागीय पालिटिक्स के बारे में
वह भी तब जब वह इंटरनेट पर आई मेरे विषय की
वैकेन्सीज
की सूचनाएँ देता था
मैं चोर कदमों से बाउण्डरी के पास खड़ी हो गई
और सुनने लगी गुनगुनाने को
वह गुनगुनाते-गुनगुनाते स्टूल खींच कर बैठ गया
और धीमे सुर में गाने लगा
ग़ज़ल ज़फ़र की थी बहुत मशहूर

'उम्रे दराज़ माँग के लाये थे चार दिन
दो आरज़ू में कट गए दो इन्तज़ार में।'

वह पूरी ग़ज़ल गाता रहा और मैं सुनती रही छलछलाई
आँखों से
मैंने कई बार सुनी थी ये ग़ज़ल
लेकिन ऐसी सोंधी, भींगी-सी,बेबस करने वाली दर्दभरी
आवाज
ऐसी ख़लिश
इतनी कशिश
मैंने कभी नहीं महसूस की थी
मैंने साज़िद को देखा–स्टूल पर ख़ामोश बैठे
सूने फर्श को देखते हुए

मैंने बुढ़ापे के ज़फ़र की तस्वीर देखी थी लम्बी दाढ़ी
वाली
मुझे लगा—काली दाढ़ी लगा दी जाय तो
जवानी का ज़फ़र ऐसा ही रहा होगा जैसा
साज़िद है।

'आप गाते भी हैं—वह भी इतना अच्छा, नहीं पता था!'
वह चौंका और कुछ देर चुप रहा। फिर शरमाते हुए
बोला—
'अच्छा तो क्या, बस गा लेता हूँ।'
'कहाँ से सीखा है संगीत?'
'यहाँ से!' उसने मुसकराते हुए दिल के पास उँगली रखी!

उस रात साज़िद पहली बार मेरे सपने में दाखिल
हुआ—इस डायलाग के साथ :
'कब तक इन्तजार करूँ महुआ? आखिर कब तक?'...
और
मुझे वह चेहरा मिल गया जिसके लिए परेशान थी—
कल्पना के धड़ पर बगैर दाढ़ी जवानी के ज़फ़र का
चेहरा!

बहुत इन्तजार नहीं करना पड़ा—न उसे, न मुझे।
उसने एक दिन कहा संकोच के साथ—
'मुझे आठ-दस दिन के लिए हैदराबाद
जाना है। देखा है हैदराबाद?'

मैंने चारमीनार, गोलकुंडा, सालार म्यूजियम वगैरह का
नाम
जरूर सुना था, देखा नहीं था।
'चल सकती हो?'
मैं चुप रह गई।
उसने एक शाम चुपके से मेरे हाथ में टिकट पकड़ा
दिया।
मैंने टिकट देखा—हमीदा बेगम, उम्र 30, ए-1
'यह तो हमीदा भाभी के नाम है।'
'आप ही हमीदा बेगम हैं। इसके सिवा और कोई सूरत
नहीं थी।'
मैं सोच में पड़ गई।
'स्टेशन अलग-अलग पहुँचेंगे, साथ में नहीं। बाकी अपना
देख-समझ लीजिएगा।'

मेरे अन्दर धुकधुकी शुरू हो गई—डर, उत्तेजना, रोमांच, चिन्ता, जोखम, विद्रोह—इन सबकी मिली-जुली धुकधुकी। और डर यह भी कि कहीं अखबारों में यह समाचार आ गया कि एक मुसलमान युवक हिन्दू लड़की को भगा ले गया तो नगर को दंगे से कोई नहीं रोक सकता। कौन जाने पापा-मम्मी थाने पहुँच जायँ और गुमशुदगी की रिपोर्ट लिखा दें।...मैं ठीक से जानती भी तो नहीं कि वह आदमी कैसा है? कोई जरूरी तो नहीं कि जो अच्छा लगता हो या दिखाई पड़ता हो वह अच्छा हो भी। और उसका बिगड़ना क्या है? दो बच्चों का बाप

है, बीबी है, नौकरी है, तलाक की नौबत ही आ जाय तो दे-न दे, कौन जाने? दे भी दे तो मेरा क्या बनेगा? ये और इस तरह की ढेर सारी दुविधाएँ थीं जो मुझे मथ रही थीं।

दूसरी तरफ मेरी सहेली थी जिसकी चारों भुजाओं के बीच मैं खुद को सुरक्षित महसूस करती आ रही थी। वह बार-बार कह रही थी–'लड़की, यह तुम्हारा भ्रम है। तुम इनमें फड़फड़ा सकती हो, उड़ नहीं सकतीं। जिन दीवारों में तुम घिरी हो, उन्हें सिर्फ हथौड़े ही तोड़ सकते हैं। और यह तो सिर्फ सेंध है।'

7

पड़ोसी-निन्दा पापा-मम्मी की बातचीत का प्रिय विषय था—हर रोज। हर रोज पापा एक फर्लांग की 'वाक' पर निकलते थे। कभी उन्हें बरामदे में खड़ी हमीदा दिख जाती थी और कभी बच्चों के साथ स्कूल बस का इन्तजार करता साज़िद। बकरे की टाँग की नली तो रोज ही उन्हें साज़िद के घर के आगे दिख जाती थी। फिर तो उनके दिन भर के सुख-चैन के लिए इनमें से कोई एक ही चीज काफी होती थी। पहले मैं साज़िद लोगों का पक्ष ले लिया करती थी लेकिन जब से हैदराबाद की बात आई थी तब से या तो चुप लगा जाती थी या उनकी 'हाँ' में 'हाँ' मिलाने लगी थी।

मैं उस दिन का इन्तजार कर रही थी जिस दिन गुड़गाँव से बलविंदर का फोन आना था। हफ्ते में एक दिन उसका फोन आता और वह सिर्फ एक वाक्य बोलती– 'मम्मी, आपकी बहुत याद आती है। ठीक? अब रक्खूँ?' इस दिन मम्मी बहुत खुश रहती। उस दिन वह खुश थी और किचेन में बैठी तरोई काट रही थी–सब्जी के लिए।

'मैं तो परेशान हो गई हूँ माँ, समझ में नहीं आता क्या करूँ?' आटा गूँथते हुए मैं बोली।

'क्या बात है, बता तो।'

'अरे, नहीं है वो गार्गी? इन दिनों आगरा में है। वहीं पोस्टेड है उसका पति। कहती है आठ-दस दिन के लिए आ जाओ तो भेंट भी हो जाय और आगरा, फतेहपुर सीकरी, मथुरा, वृन्दावन, गोकुल सब दिखा दूँ। फोन पर फोन। तंग कर मारा है उसने!'

'कौन गार्गी?'

'लो, उसे भी भूल गई? घंटों बातें करती थी उससे!'

'वह तो विनीता थी न रीवा वाली!'

'अरे, एक ठिगनी मुटल्ली लड़की नहीं थी?'

'ऐसी तो कई सहेलियाँ थीं तुम्हारी।'

'क्या हो गया है तुम्हें? बहुत भूलने लगी हो इधर। फिर तो तुम्हें यह भी याद नहीं होगा कि पहली तारीख को मुझे ज्वाइन करना है दयानन्द महिला महाविद्यालय में?'

'नहीं, यह कैसे भूल सकती हूँ।' माँ ने परात की ओर देखते हुए कहा–'ज्यादा नहीं, बस दस लोई बनाओ। बच जाय आटा तो फ्रिज में रख देना।...तो तुम क्या चाहती हो?'

'मैं तो नहीं चाहती लेकिन यह भी सोचती हूँ कि ज्वाइन करने के बाद तो कहीं जाने से रही। न छुट्टी मिलेगी, न मौका मिलेगा।'

'तो जा, हो आ! हाँ, पापा से भी पूछ ले।'

'पापा?'मैं हँसी-'पापा कभी मना करते हैं किसी काम के लिए?

लेकिन कहती हो तो उनसे भी पूछ लेंगे।'

पापा ने सुना तो खुश। मम्मी को समझाते हुए कहा– 'देखो, न यह तुम्हारी तरह बुढ़िया है, न बच्ची कि कोई बराबर देखभाल के लिए साथ रहे। और आज तो लड़कियाँ अकेले अमेरिका योरोप तक हो आती हैं, आगरा क्या चीज है? और हाँ बेटा महुआ, दूसरे-तीसरे दिन फोन करके बता दिया करना कि सब ठीक-ठाक है। मैं भी गया था एक बार आगरा। बस ताजमहल देखकर चला आया, यही गलती हुई। बहुत-सी चीजें हैं वहाँ देखने की। तुम सब देखना।'

मैं आश्वस्त हुई कि मेरी बातों पर किसी को शक नहीं है।

घर छोड़ने से दो दिन पहले मैंने सबको सूचना दे दी कि गार्गी ने टिकट भेज दिया है। उसी दिन साज़िद

ने मेरे मोबाइल पर बात की और कहा—मैं सुबह ही घर छोड़ दूँगा और शाम को तुमसे स्टेशन पर मिलूँगा। इन्तजार करूँगा प्लेटफार्म पर गाड़ी के बोगी नं. ए-1 के सामने। वक्त जरूरत के लिए बुर्का रख लूँगा, चिन्ता न करना।

8

साज़िद मेरा प्यार नहीं था, एक सम्मोहन था। सिर्फ सम्मोहन। मैं उसके गले और आवाज की दीवानी थी। उसकी कला की मारी। वह बेग़म अख्तर को भी गाता था, मेंहदी हसन को भी और मुकेश तथा रफी को भी। यहाँ तक कि वह पुरुष-नारी स्वर में एक ही साथ 'डुएट' भी गा लेता था समान दक्षता के साथ। आज के गानों और 'फ्यूजन' से उसे चिढ़ थी। उसके सुर के आरोह-अवरोह डोर की तरह थे जिन पर मैं झूलती थी।

और मैं? यह मानी हुई बात है कि कोई लड़की चाहे जितनी सुन्दर हो, अपने सौन्दर्य को लेकर हमेशा सन्देह में रहती है कि वह जरूरत से ज्यादा लम्बी और दुबली है, छातियाँ छोटी हैं, कि कमर मोटी है, कि जाँघें भरी-भरी

नहीं हैं, कि बाहें सूखी लकड़ी जैसी हैं! वह चाहती है कि कोई हो जो सिर्फ इतना भर कह दे कि नहीं, तुम्हारी जैसी खूबसूरत लड़की मैंने नहीं देखी।

मेरे लिए यह 'कोई' साज़िद था।
यह संयोग ही था कि यह साज़िद था वरना वह 'शिशिर' या 'शशांक' या 'शुभम' कोई भी हो सकता था। शर्त बस
यह थी कि किसी न किसी वजह से वह मुझे भी अच्छा लगना चाहिए था।

घर की माली हालत और 'कैरियर'की चिन्ता ने कभी अहसास
ही नहीं होने दिया कि मैं भी औरत हूँ, मेरे भी देह है, उस
देह की अपनी जरूरतें हैं, माँगें हैं, भूख है। और अब जब उन्तीस की उम्र पार कर रही हूँ तो मुझे क्यों लग रहा है कि
या तो यौवन आया ही नहीं या आकर चला गया। अगर वह अभी बना हुआ है तो आँखों के नीचे झाइयाँ क्यों हैं? छातियाँ ढली-ढली सी क्यों लगती हैं। गले के नीचे रेखाएँ
क्यों खिंच रही हैं? सिर्फ कमर और जंघाएँ थीं जो इस बदलाव से इनकार कर रही थीं।

मुझे भी एक 'कोई' की सख्त जरूरत महसूस होने लगी
थी जो इस बदलाव को झुठला दे और साबित कर दे
कि मैं औरत हूँ और किसी भी पुरुष को मर्द
बनाने की क्षमता रखती हूँ।

सच कहें तो इस 'कोई' की जरूरत मुझे उसके लिए नहीं,
अपने लिए थी
और यह साज़िद—मेरा पड़ोसी और दो बच्चों का
बाप साज़िद मेरा 'कोई' हुआ। और इसे मेरे मन ने
स्वीकार
किया तो इसलिए
कि इसमें 'एडवेंचर के साथ 'थ्रिल' भी शामिल था। और
वह
जीवन ही क्या जिसमें 'थ्रिल' न हो।

दो

1

हैदराबाद से वापसी हुई बारहवें दिन।

सुबह सुबह जैसे ही मेरा टेम्पो घर के सामने रुका, मम्मी दरवाजे पर खड़ी दिखी–'महुआ'। वह मारे खुशी के चिल्लाई–

'अरे देखो तो। महुआ आ गई।'

यह बारहवाँ दिन था जब मैंने 'महुआ' सुना। अपना नाम।

मैं इस बीच 'हमीदा' 'हमीदा बेगम' 'हमीदा भाभी' थी। भूल गई

थी कि मैं महुआ हूँ।

घर में घुसते ही मैंने पापा को आगरे के पेठे का पैकेट दिया।

जब दूसरे दिन आने की योजना के साथ साज़िद इलाहाबाद
स्टेशन पर उतरा था तो मैंने इसे खरीदा था। पापा हँसे–
'कितनी बेवकूफ हो तुम! उतनी दूर से इसे ढोकर लाने की क्या जरूरत थी? यह तो अब हर जगह मिलता है।'
मम्मी मुझे देखे जा रही थी–ध्यान से। इतने ध्यान से कि मैं अन्दर से काँप उठी! कहीं इसे सन्देह तो नहीं है? उसकी आँखों में आँसू थे। बोली–
'कितनी दुबली हो गई हो इतने ही दिन में? चेहरा उतर गया है। खाने को नहीं मिलता था क्या?'
'मम्मी, तुम सोच नहीं सकतीं मेरे दौड़-धूप के बारे में। सुबह सात बजे निकलते थे और लौटते थे रात में कभी दस बजे, कभी ग्यारह बजे! न ठीक से खाना-पीना, न सोना। गार्गी का तो और बुरा हाल था। साथ में डेढ़ साल का बच्चा और ऐसा जिद्दी कि पूछो मत!'
'क्यों, उसे देखने के लिए घर में सास नहीं थी क्या?'
'थी क्यों नहीं? लेकिन हफ्ते भर पहले ही चली गई थी गाँव! ससुर को वाइरल हो गया था!'
'लगता है, रात को भी नहीं सो पाई हो तुम?' पापा बोले।

'अरे पापा, क्या बताऊँ? बगल की बर्थ पर एक मोटा थुल-थुल आदमी था। ऐसा खर्राटे ले रहा था कि सब परेशान थे।'

'अच्छा जाओ। नहाओ-धोओ, आराम करो!'

2

कैसा आराम और कहाँ का आराम?

जब चीजें खुली न हों, ढँकी-तुपी रह गई हों और वह घर लौट
आया हो—और लौट ही न आया हो, शाम ढलते ही छत पर
बैठ गया हो और मनुहार के साथ डूब कर
गाने लगा हो—

हमरी अटरिया पे आऽऽ साँवरिया
देखा-देखी बलम होइ जाये।

तब कैसा आराम और कैसा चैन?

लेकिन चैन से ही रहना है अब। सुबह इलाहाबाद में ही उससे विदा लेते हुए मैंने प्लेटफार्म पर कह दिया था—कि

देखो, आज के बाद न मुझे तुम पहचानते हो, न मैं तुम्हें। बस, सारा कुछ यहीं खतम! वह आश्चर्य से मुझे ताकता रहा जबकि रात हमने एक साथ गुजारी थी–ट्रेन में एक ही बर्थ पर। रात के एक बज रहा था जब मेरी नींद टूटी। मुझे लगा, मेरी पिंडलियों पर कोई चीज रेंगती हुई आगे जाँघों की ओर बढ़ रही है। फिर महसूस हुआ कि ये उँगलियाँ हैं। मैंने देखा कि मेरे बगल की दोनों बर्थें खाली हैं। साज़िद ऊपर की बर्थ पर था। जाने कब मेरे कंबल में पावों की तरफ घुस आया था। मैंने आहिस्ता उसे अपने ऊपर खींच लिया था।

जब मैंने कहा, वह आश्चर्य से मुझे देखता रहा। मैं अपनी बोगी में चली आई थी। कहना आसान था, निभाना कठिन। आखिर साज़िद मेरे यौवन का ही नहीं जीवन का पहला 'पुरुष' था। उसे भुलाना और न पहचानना कितना मुश्किल है, यह नहीं जानती थी। फिर भी मैंने खुद से लड़ते रहने का निश्चय किया।

साज़िद मुझसे दस साल बड़ा था। मैं उसके दस साल बाद धरती पर आई थी! ये दस साल बहुत होते हैं बदलाव के लिए। दस साल में वसुधा भूमंडल हो जाती है और प्यार कूड़ेदान का कचरा। उसकी जगह डस्टबिन हो जाती है, दिल नहीं।

3

पहला महीना बीता, बीत गया।

जब दूसरा महीना भी गया और 'पीरियड' नहीं आया तो माथा ठनका।

याद आया कि इस तरफ उस समय ध्यान क्यों नहीं गया था?

उसने कोई सावधानी नहीं बरती तो नहीं बरती, मुझे तो बरतना चाहिए था!

सोचना शुरू किया तो सोचती चली गई और लगा कि दिमाग फट जाएगा।

दो शब्द हथौड़े की तरह दिमाग पर घातक चोट कर रहे थे लगातार

'कुँवारी माँ' और 'मुसलमान बाप'।

मन में यह भी आया कि क्यों न शादी ही कर लें।

लेकिन उसमें भी पेंच ही पेंच, फिर वह पहले से दो बच्चों का बाप
और कौन जाने, मैं कहूँ भी तो वही इनकार कर दे?
कि जब गईं थीं तो भुगतो, मुझसे मतलब?
तुम न चाहतीं तो जबर्दस्ती थोड़े ले जाता?
...इधर मैं पागल हो रही थी, उधर वह छत पर मटरगश्ती
करते हुए गुनगुना रहा था। मन कर रहा था
दीवार फाँद कर जाऊँ और उसका मुँह नोच लूँ।

बीच बीच में ऐसा भी ख्याल आता और जब आता
तो मैं जोश और उत्तेजना में काँपने लगती...
क्यों न मैं धर्म और जाति और ऊँच-नीच के पचड़े में घुटते
इस समाज के आगे एक मिसाल पेश करूँ
और एक नये कबीर को जन्म दूँ
जिसका न कोई मजहब हो, ना जात
जो सिर्फ और सिर्फ मनुष्य हो?
लोग भी क्या याद करेंगे कि हाँ,थी एक महुआ नाम की लड़की
जो इसी वासलीगंज में कहीं रहती थी
इसी बरगद के पास!
जिसे हिन्दुओं ने दिन दहाड़े फूँक दिया था!
और फिर मुझे दिखाई पड़ा बरगद के तने के पास एक चौरा

जिसे महुआ सत्ती भाई का चौरा बोलते हैं
जहाँ प्रत्येक सोमवार को कुँवारी लड़कियाँ धूप, दीप,
नैवेद्य और फूल चढ़ा जाती हैं।
मगर यहाँ भी एक खूँखार 'लेकिन' खड़ा था
और वह यह कि जनमा तो दूँगी कबीर को
लेकिन वह रहेगा कहाँ, जियेगा कैसे,
खाये-पियेगा क्या, पढ़ेगा-लिखेगा कैसे,
और अगर उसे मेरे ही भरोसे यह सब करना है
तो क़ौन देगा मुझे नौकरी?
मिल भी जाये तो छिन गई समझो।
झाड़ू-पोंछा के लिए भी कोई नहीं लेगा
क्योंकि मुझसे उनके मर्दों की नीयत को खतरा होगा!

यह आने वाले दिनों की भयावह तस्वीर थी जो
रात-दिन मेरी आँखों के आगे नाच रही थी।

गनीमत थी कि गर्भ का असर अभी भूख
तक ही था, मिचली और कै तक नहीं
मम्मी को चिन्ता थी भूख की, भूख क्यों नहीं
लग रही है? कुछ खाती-पीती क्यों नहीं?
एक बार पूछा भी कि पीरियड तो ठीक चल रहा है?
बताया कि उसकी फिकर मत करो, वह सब ठीक है।
पापा को सन्देह था जांडिस का। 'किसी दिन
डाक्टर को दिखाओ और दवा लो!

मेरी चिन्ता दूसरी थी। लक्षण बाहर आएँ, भेद खुले,
हंगामा हो घर में, इससे पहले ही जो करना हो
कर लो, जितनी देर होगी, उतनी ही समस्याएँ बढ़ेंगी।
दवा-दारू में समय बरबाद करने के बजाय
मैंने सफाई कराने का फैसला कर लिया।

नगर के बाहरी हिस्से में एक लेडी डाक्टर का नर्सिंग होम था
'आशा गुप्ता जच्चा-बच्चा केन्द्र'। वहाँ किसी परिचित के होने
की कोई गुंजाइश न थी। संकट था तो कुँआरी होने के कारण
मनमानी फीस का, टाल-मटोल का। मैंने माँ के सिन्दूरदान से चिटकी भर सिन्दूर लिया जिसे नर्सिंग होम में घुसने से पहले माँग में भरना था और यह बता देना था कि चूँकि हसबैंड और
हम दोनों जॉब में हैं और घर पर देखभाल करने वाला कोई नहीं इसलिए अभी बच्चा नहीं चाहते!

चलते समय मम्मी से कहा—'कालेज में प्रिंसिपल से मिलना है फिर वहाँ से प्रज्ञा शर्मा के यहाँ। उसे नहीं जानतीं तुम। लंच उसी के साथ करना है आज! शाम सात-आठ तक आ जाऊँगी। परेशान न होना!'

लौटी तो थकी-माँदी, पेट खाली और हल्का-हल्का दर्द। पाँव सीधे नहीं पड़ रहे थे। लेकिन चेहरे पर निश्चिन्तता और सन्तोष! किसी तरह तैयार हुई थी डाक्टर क्योंकि गर्भ पहला था। मम्मी ने सूचना दी कि कोई हर्षुल आया था। देर तक इन्तजार किया। किसी होटल में ठहरा है। कल फिर आयेगा!

'अकेले था या परिवार के साथ?'

'परिवार कहाँ है उसका?'

मैं चौंक कर खड़ी हो गई–'अभी तक शादी नहीं की?'

'कह तो यही रहा था!'

कमरा अन्दर से बन्द करते हुए मम्मी से कहा–'खा-पी कर आई हूँ और सोने जा रही हूँ। डिस्टर्ब मत करना!'

4

साड़ी बदलते हुए जैसे ही पेटीकोट और काटन पर पड़े ताजे खून के दाग देखे, मुझे रुलाई छूट आई। मैं उसी हालत में बिस्तरे पर गिरी और फूट-फूट कर रोने लगी! मेरी आँखों से चिमटी में फँसी हुई मांस की वह गुलाबी गोली हट ही नहीं रही थी जिसे 'फीटस' कहते हुए डाक्टर ने गर्भ के प्रमाण के रूप में मुझे दिखाया था। मैं जब भी उस पर नजर गड़ाती, वह मुझे घूरती हुई एक ही प्रश्न करती–बार-बार : अगर मैं तुम दोनों के चरम सुख का वरदान थी तो इसमें मेरी क्या गलती थी? मैं किसी तरह उससे ध्यान हटाती तो एक मन कहता–नाचो, गाओ, खुशियाँ मनाओ कि बचा लिया अपना जीवन! बच गया तुम्हारा भविष्य! लेकिन तुरन्त ही दूसरा मन कहता–डरपोक! कायर! आक् थुह!

रात के ग्यारह बज रहे थे! नींद नहीं आ रही थी। मोबाइल साइलेंस पर था लेकिन एक नम्बर लगातार लुप-लुप कर रहा था! इसे पहले नहीं देखा था। जब चार-पाँच बार हो चुका तो रहा नहीं गया।

'हलो!'

'मैं हर्षुल! तुम्हारा यह नम्बर माँ ने दिया था। सो तो नहीं रही थीं?'

'नहीं बोलो!' बीच के वर्षों में इससे मेरा कोई सम्पर्क नहीं था।

लेकिन आवाज पहचान गई।

'कल तुमसे मिलना चाहता हूँ! सुबह आठ बजे आऊँ?'

'कल नहीं, परसों। चलेगा?'

'परसों तो आफिस है यार! लेकिन सुनो! कल के बाद परसों तो क्या, बरसों भी चलेगा, बशर्ते मिलो!'

'पागल' मुझे हँसी आ गई, 'अब भी वैसे ही हो तुम!'

'तुम कितनी बदली हो, यही मुझे देखना है।'

'ठीक है, देख लेना। अब रखती हूँ।' मैंने काट दिया। पेट दर्द

थोड़ा बढ़ गया था और कमजोरी भी! उम्मीद थी कि परसों

तक सब ठीक हो जाएगा।

5

साज़िद ने पुरुष को देखने का मेरा नजरिया ही बदल दिया था। जब भी मैं किसी को देखती और वह थोड़ा ठीक-ठाक लगता तो मैं कल्पना करती कि इसके सीने पर बाल होंगे या नहीं, इसकी टाँगें लम्बी और जाँघें पुष्ट हैं या नहीं, इसका पेट समतल रह जाएगा या पैंतीस-चालीस आते-आते तोंद निकल आएगी! और यह भी कि गम्भीर रस का जटिल विद्वान ही है या 'सेंस ऑफ ह्यूमर' भी है।

इस बीच हर्षुल बहुत बदल गया था। गेहुँआ रंग, सिर के घने लम्बे बाल, तराशी मूछें, ऊँचा कद—जब वह सूट और टाई में ड्राइंग रूम में आया तो एकबारगी मैं पहचान न सकी! चार साल हो गए थे उसे देखे जब मैंने उसे डाँट कर भविष्य में न मिलने के लिए कहा था।

'अचानक कैसे आ गए हमारे नगर में?' मैंने पूछा।
हर्षुल कुर्सी पर बैठते हुए मुसकराया–'नगर के बाहर 'स्वागत'
और 'अभिनन्दन' का बोर्ड तो देखा लेकिन यह बोर्ड या बैनर
कहीं नहीं देखा–'आना मना है महुआ के नगर में'।
उसने ठहाका लगाया, मैं मुसकराई।
'पूरे मेडिकल रिप्रेजेंटेटिव लग रहे हो तुम इस ड्रेस में!'
'लग रहा हूँ नहीं, हूँ। नौकर! एस.बी.आई. में नौकरी कर रहा
हूँ और इस समय भीमताल में हूँ।'
'भीमताल माने नैनीताल के पास ि उत्तराखंड में?'
'हाँ, तुम भी तो जा रही हो ज्वाइन करने किसी कालेज में?'
'हाँ, लेकिन छोड़ो यह सब! यह बताओ, यहाँ किसी काम से तो नहीं आए हो?'
हर्षुल थोड़ा गम्भीर हुआ! इसी समय मम्मी चाय लेकर आईं। उसने मम्मी से कहा–'माँजी, आप भी बैठ जाइए, थोड़ी देर!

'महुआ, आया तो काम से ही हूँ और वह तुम्हीं से है। संक्षेप में किस्सा यह है कि पापा-मम्मी मेरी शादी तय कर चुके हैं। लड़की लखनऊ की है। किसी साफ्टवेयर कम्पनी में काम करती है। मैंने देखा है। ठीक ठाक है। लेकिन मैं यह शादी नहीं करना चाहता। चार साल पहले

ही मैं तुम से शादी का मन बना चुका था। मैंने घर में भी कह दिया था! महुआ, अगर 'हाँ' कर दो तो मैं एक मुसीबत से बच जाऊँ।'

पूरी बात सुनकर मम्मी इतनी खुश हुई कि दौड़ी हुई गई पापा को बुला लाई। पापा हाँफते हुए आए और बगल में बैठ कर उसका सिर सहलाने लगे। उनका गला भर आया था। बोल नहीं फूट रहे थे उनके मुँह से। हकलाते हुए बोले–'मैं जानता था कि कोई-न-कोई आएगा एक दिन जरूर। खुद चल कर! दुनिया खाली नहीं है भले लोगों से। महुआ बेटी, कितनी भाग्यशाली है तू! और यह तो लड़का नहीं देवता है। दिन में भी दीया ले के ढूँढ़ो तो न मिले...'

पापा-मम्मी–दोनों जाने क्या-क्या बोलते जा रहे थे, मैं कुछ

नहीं सुन रही थी। सोच रही थी–'देखो, एक कल का दिन

था और एक आज का दिन है।...'

मैंने अब तक 'हाँ' या 'ना' कुछ नहीं कहा था और हर्षुल का पूरा ध्यान इसी ओर था।

6

जोड़ों के दर्द और पेट की गैस के लिए रात-दिन हाय-हाय करने वाली मम्मी इतनी उछल-कूद मचाए थी जैसे घर बैठे दामाद मिल गया हो। उसने एक बार नहीं, तीन बार किचेन से चिल्ला कर कहा—'बेटा, जब यहाँ अपना घर है तो होटल में क्यों हो? महुआ जाओ न; उसका सामान ले आओ!'

मैं विस्मय में थी।

यह संयोग है या कोई शक्ति है जिसने उसे भेजा है?

एक कल-परसों का दिन था, एक आज का दिन है।

'अबार्शन' कराने के बाद कितनी अकेली हो गई थी परसों से।

माँग में सिन्दूर भरना पड़ा था डाक्टर के पास जाने से पहले।
आगे-पीछे कोई नहीं। माँ से छिपाया, पापा से छिपाया,
जिसका किया-धरा था, न उसे पता था, न उसका पता था।
कौन जाने, बताने पर वह सारा दोष मेरे सिर मढ़ कर अलग
हो जाता! ऐसे में सहसा हर्षुल का आना क्या संयोग मात्र
था?

•

इस बीच मैं कितना चाहती थी कि कोई हो जो मुझे प्यार करे,
दुलार करे, माथा सहलाए, बाँहों में ले, बातें करें, हँसे-हँसाए-
ऐसे में हर्षुल—चार साल से बिछड़े हुए एक मित्र का
सहसा प्रकट हो जाना संयोग मात्र था?

मैं साज़िद को नफरत तो नहीं कर पा रही थी लेकिन अपने
अन्दर से निकाल फेंकना चाहती थी-अपने भ्रूण की तरह; और
मुझे लग रहा था कि कोई अदृश्य शक्ति है जो मेरी मदद करना चाहती है।

लंच के बाद मैं हर्षुल को अपने कमरे में ले जाने
लगी तो पापा-मम्मी की खुशी का ठिकाना नहीं रहा।
मम्मी ने पापा की कुहनी पकड़ कर झिड़की दी–
'तुम उधर क्या देख रहे हो? चलो, आराम करो।'

'हर्षुल,तुम पहले से ज्यादा खूबसूरत और लम्बे तगड़े हो
गए हो!
मैं तुम्हारे प्रस्ताव को अपना सम्मान समझ रही हूँ।'
कहते
हुए मैं पलंग पर बैठ गई।
कुर्सी पर बैठते हुए उसने भी कहा–'तुम भी तो...'
'यह बताओ, मैं मना कर दूँ तो तुम उस लड़की से शादी
कर लोगे?' वह थोड़ी देर चुप रहा। मैं उसका चेहरा देख
रही थी। बोला–'नहीं कह सकता। इतना जरूर है कि मेरे
माँ-बाप और अधिक इन्तजार करने के पक्ष में नहीं हैं।
'इसलिए कह रही हूँ कि मन बनाने के लिए थोड़ा समय
चाहिए।'
'तो अभी कहाँ करने जा रहे हैं शादी। होगी तो जाड़े में
होगी। और कितना समय चाहिए तुम्हें?'

समय मैं माँग रही थी अपने महत्त्व का अहसास कराने
के लिए; अपने वर्चस्व और गरिमा का बोध कराने के
लिए; वरना
यह हर्षुल नहीं, मेरा भाग्य था जो मेरे दरवाजे पर नहीं,
मेरे कमरे में बैठा अनुनय-विनय कर रहा था। मेरी खुशी

का ठिकाना नहीं था लेकिन मैं उसे जाहिर नहीं होने दे रही थी। मेरा मन गा रहा था, थिरक रहा था, नाच रहा था एक लोकगीत पर–कि हे सखी, वही साजन आया है जिसकी चाह थी। मेरा हृदय मारे खुशी के हिमगिरि हो गया है। वह तन के पिंजरे में अँट नहीं रहा है। हे सखी, मैं जिस साजन का बाट जोह रही थी, उसके आते ही खम्भे नाचने लगे हैं, घर हँसने लगा है और खाट खेलने लगी है।

मैं हर्षुल से जाने क्या-क्या और किन-किन विषयों पर दिन भर बातें करती रही लेकिन नहीं की तो विवाह के बाद की मुश्किलों के बारे में जो हमारे और उसके बीच खड़ी हो सकती थीं! और यह इसलिए कि कहीं विवाह ही खटाई में न पड़ जाए। शायद उसके दिमाग में भी ऐसा ही कुछ चल रहा था। हो सकता है, न भी चल रहा हो। मुझे किसी भी कीमत पर नौकरी करनी थी और माँ-बाप को अकेला नहीं छोड़ना था।

7

मैंने जनवरी के अन्त से अपनी नई जिन्दगी की शुरूआत की! और यह शुरू हुई थी मेरी नई धज-दुलहन से। हनीमून के लिए हर्षुल ने पहले ही व्यवस्था कर ली थी उत्तरांचल में। दो-दो रातें भीमताल, नैनीताल, रानीखेत, कौसानी, पिथौरागढ़ और फिर भीमताल। ये रातें एक-दूसरे से छेड़छाड़ करने में, खेलने में, साथ-साथ नहाने-धोने में, सेक्स की विभिन्न मुद्राओं के प्रयोग में और रतजगे में बीतीं। हमारे शरीर एक-दूसरे के लिए रहस्यलोक थे और प्रयोगशाला भी। हम उस रहस्य को पाने के लिए जितना ही देह को खँगालते, रहस्य उतना ही गहराता जाता। मैंने पूरी कोशिश की कि वह विश्वास कर ले कि मेरे यौवन का प्रथम पुरुष वही है और इसमें कामयाब हुई। मेरी ही तरह वह भी कामयाब हुआ यह

साबित करने में कि उसके भी जीवन की प्रथम स्त्री मैं ही हूँ।

जाने क्यों, उसकी कामयाबी मुझे खल रही थी। मैं मजाक मजाक में उससे पूछ बैठतीं–'यह सब तुमने कहाँ से सीखा?' 'वैसे ही जैसे तुमने सीखा है।' वह हँसते हुए कहता। मैं नाराज होकर मुँह फुला लेती। वह फिर मनुहार करना शुरू कर देता–'पगली, यह सब सीखने-सिखाने की चीजें हैं क्या?'

हर्षुल का मखमली रोयों से भरा चौड़ा सीना मेरी आरामगाह था। थकी होने पर मैं उसमें ऐसे दुबक जाती थी जैसे घोंसले में गौरैया। लंच के बाद मैं कम्बल के अन्दर वैसे ही दुबकी हुई थी। बाहर बादल घाटियों में भाग-दौड़ कर रहे थे। बूँदा-बाँदी शुरू हो गई थी। ठंडी हवाएँ तेज हो गई थीं और हमारे बेडरूम की खिड़कियाँ पीट रही थीं। 'इधर आओ।' उसने मुझे अपने ऊपर खींचते हुए कहा–'अगर ये हवाएँ तुम्हें उड़ा ले गईं तो मेरा क्या होगा?' 'अपने ही बारे में सोचते हो, मेरे बारे में नहीं? मेरा क्या होगा, तुमने जो साथ रहने और सोने की आदत डाल दी है?'

'इसीलिए कहता हूँ कि नौकरी छोड़ो और साथ रहो। जितना मैं कमाता हूँ उतने में दो क्या, तीन मजे में रह सकते हैं।'

'सो तो ठीक है लेकिन मैं अपने पाँव पर खड़ी हूँ और खड़ी रहना चाहती हूँ। इतनी योग्यताएँ फालतू क्यों जायँ। उनका उपयोग तो हो!'

'अपने पापा-मम्मी की चिन्ता नहीं कहोगी?'

'वह तो है ही। मैं उन्हें बेसहारा नहीं छोड़ना चाहती। भाई से

कोई मतलब नहीं। अगर मैं भी छोड़ दूँ तो कहाँ जाएँगे? इसीलिए तो मैं शादी नहीं करना चाहती थी।'

'अब पछता रही हो क्या?'

उसने मुझे अपनी बाहों और जाँघों के बीच कस कर दबाया और शरारत से हँसने लगा–'तुम्हें यह डर नहीं लग रहा है कि अगर इसी तरह से मुझसे दूर रहीं तो मैं इधर-उधर बहक भी सकता हूँ।'

'जब ऐसा हो तो बता देना!'

'क्या करोगी तुम उतनी दूर से!'

'मैं भी बहक लूँगी और क्या?' हम दोनों एक साथ हँस पड़े।

इसी समय उसका मोबाइल बजा और वह गम्भीर हो गया। बताया कि शाम छः बजे हमारी एक कुलीग तुमसे भेंट करने के लिए आने वाली है। जरा बन ठंन के तैयार रहना।

8

छः बजते-बजते दरवाजे के बाहर गाड़ी का हार्न सुनाई पड़ा।

हर्षुल ने दरवाजा खोला। एक लड़की चहकती हुई उसके पीछे
पीछे ड्राइंग रूम में आई। मैं जैसे ही बेडरूम से निकली, वैसे
ही उसकी नजर मुझ पर पड़ी वह मारे खुशी के बैठे से उछल
कर खड़ी हो गई- 'वाव्! क्या ब्यूटी है? हर्ष, यू बदमाश! अब तक कहाँ छिपा रखा था भाभी को?'

'महुआ, यह है वर्तिका बनर्जी। मेरी बैचमेट। लखनऊ में तीन-चार साल साथ थी और यहाँ भी साथ ही है। हाँ, इसकी ब्रांच भवाली में है।'

लड़कों जैसे छोटे-छोटे बाल, जीन्स पर टी शर्ट, गले में दुपट्टा, टी शर्ट पर ऊनी जैकेट, भरी-पूरी देह—यह थी वर्तिका। उमर मेरे ही आसपास रही होगी लेकिन यह मान लेने में मुझे एतराज नहीं कि मुझसे कहीं ज्यादा स्मार्ट थी।

'भाभी जी, यह छोटा-सा तोहफा है आपके लिए!' उसने मेरे हाथ में एक पैकेट थमाया!

'हद है, शादी मैं कर रहा हूँ, तोहफा महुआ को दे रही हो?' हर्षुल बोला!

'पहने भले महुआ, काम तो तुम्हारे ही आनी है!' कहते हुए वर्तिका ने आँख मारी। और बोली–

'भाभी जी, चाहती हूँ कि पैकेट खोल कर देख लें। अगर पसन्द न हो तो चेंज हो जाएगा। देख लें मेरे सामने!'

मैंने पैकेट खोला। धानी रंग और लाल चौड़े बार्डर की शान्तिपुरी साड़ी, लाल रंग का ब्लाउज पीस, पेटीकोट! मुझे बेहद पसन्द आया यह सब! कहा भी–'धन्यवाद! पसन्द है मुझे।'

'बस एक कमी रह गई है तुम्हारे तोहफे में' मुसकराते हुए हर्षुल बोला 'ब्लाउज के नीचे कुछ पहनेगी या नहीं? वो कहाँ है?'

'वो तुम्हारे लिए छोड़ दिया है।'

मैं शर्म से पानी-पानी हो गई। मैंने हर्षुल को भी देखा और वर्तिका को भी।

मैंने सोचा नहीं था कि उनके बीच इतने 'इंटिमेट' सम्बन्ध हो सकते हैं। मैंने वहाँ से हट जाना ही बेहतर समझा।

मैं उठ कर तो आ गई लेकिन ध्यान वर्तिका में ही अटका रहा। ध्यान हर्षुल की उन बातों पर भी जा रहा था जिन्हें वह मुझसे कर चुका था। कहीं यह वही लड़की तो नहीं है—लखनऊ वाली, जिससे मेरे इनकार करने पर वह शादी की बात कर रहा था? और अगर उसने उससे शादी नहीं की तो क्यों नहीं की? उसने मुझसे यह झूठ क्यों कहा कि वह साफ्टवेयर कम्पनी में काम करती है? उसने मेरे साथ न रहने पर 'बहकने' की भी बात की थी। कहीं वह बहकना इसी की ओर इशारा तो नहीं था?

मैं चाय की ट्रे के साथ ड्राइंग रूप में पहुँची तो वर्तिका ने कहा—'अरे, इसकी क्या जरूरत थी भाभी जी, बैठिए तो!'

'आप कब शादी कर रही हैं? मैंने सहज होते हुए पूछा।'

'पहले उमर तो होने दीजिए, जल्दी क्या है?'

'अब क्या उमर चाहिए शादी के लिए?'मुझसे छोटी तो न होंगी।

'पचास। पचास से पहले शादी का कोई मतलब है? कोई नहीं। शादी की जाती है सहारे के लिए और

इसकी जरूरत पड़ती है बुढ़ापे में। अभी तो हाल यह है कि जिसे सहारा चाहिए, वह मेरे पास आए। मैं दूँ या न दूँ, मेरी मर्जी।'

'बहुत पछताओगी, बताए देता हूँ' हर्षुल ने कहा।

वह हँस कर रह गई।

'इतनी अच्छी हिन्दी कैसे बोल रही हैं बंगाली होकर!' मैंने पूछा। उसने कहा- 'बैनर्जी पर मत जाइए। मेरी सारी जिन्दगी गुजरी है हिन्दी बेल्ट में। गोरखपुर, दिल्ली, लखनऊ में!'

'अच्छा अब चलो, हमारे हनीमून की आखिरी शाम है, खराब मत करो!'

हर्षुल ने कहा और उठ खड़ा हुआ।

वर्तिका ने भी विदा ली गाते हुए 'अच्छा, तो अब चलते हैं। 'मून' की बात तो नहीं जानती लेकिन पता है तुम्हें कि भवाली की 'हनी' कितनी मशहूर है?'

9

जैसे ही अन्दर आए, वैसे ही मुझे अपनी बाँहों के घेरे में लेते हुए बोला–'ऐसा है डार्लिंग, मैं नीचे जा रहा हूँ, चिकेन और वाइन लाने? आज अपने कर-कमलों से चिकेन बनाऊँगा और तुम्हें वाइन पिलाऊँगा! ठीक?'

वह कपड़े बदल कर चला गया।

मैं सहज नहीं हो पा रही थी! बहुत कोशिश की, लेकिन नहीं हो पाई। दिमाग में फँसा हुआ था 'वर्तिका' शब्द। इसे तभी कहीं देखा था आज से तेरह दिन पहले, जब पहली बार इस घर में आई थी। कहाँ देखा था–यही याद नहीं आ रहा था। किताब, डायरी, चिट, विजिटिंग कार्ड, दीवार...दीवार। मैं बेडरूम में पलंग पर लेटी थी और लेटे से उठ कर बैठ गई और सिरहाने की दीवार को देखा। हाँ, यही है वह जगह।

ठीक सिरहाने के पीछे दीवार पर लिखा था—वर्तिका। ऊपर-नीचे। ऊपर अंग्रेजी कैपिटल में बी ए आर टी आई के ए। नीचे बँगला में। अंग्रेजी में काले अक्षरों में और नीचे लाल में। इन अक्षरों की लाइनें डॉट पेन से नहीं लिखी गई थीं। ये मोटी लाइनों वाले अक्षर थे। मुझे लगा, ऊपर आई ब्रो पेंसिल से लिखा गया है और नीचे लिपस्टिक से!

मैं हर्षुल की राइटिंग पहचानती थी, ये उसकी राइटिंग में नहीं थे। इसका मतलब था—मुझसे पहले उसका इस बेडरूम में आना-जाना और इस पलंग पर उसका उठना-बैठना-सोना-जगना रहा है।

मेरा सिर चक्कर खाने लगा।

जब वाइन और चिकेन के साथ हर्षुल आया तो मैं लेटी हुई

थी। मैंने उससे कह दिया कि मेरी तबीयत ठीक नहीं है और

सिर में भयानक दर्द है।

'अभी ठीक हो जाएगा, चिन्ता न करो।' वह आते ही गुनगुनाते हुए किचेन में घुसा और अपने काम में जुट गया।

मुझे भूख नहीं थी। मैंने न खाया, न पिया। वह मेरे पास ही बैठ कर पीता-खाता रहा। वह समझ रहा था कि मुझे दुख है कल का, अनिश्चित काल तक उससे अलग होने का। यही

मेरे डिप्रेशन की वजह है।

मेरे दिमाग में दूसरी बातें थीं–कि मैं अपने इस सन्देह या पीड़ा को हर्षुल से कहूँ या नहीं? और कहूँ तो वह क्या जवाब दे सकता है? क्या वह ईमानदारी से सच्ची बातें बताएगा? या हँस कर टाल देगा? या लीपापोती करेगा?...और फिर बातें करूँ भी तो नतीजा क्या निकलेगा? सम्बन्ध कहीं ठीक होने के बजाय बिगड़ तो न जाएँगे?

और इसी की सम्भावना मुझे ज्यादा लग रही थी।

हर्षुल जैसे ही बिस्तर पर आया, मैंने साफ कहा–'देखो, मैं जब से तुम्हारे साथ हूँ, तब से जगी रही हूँ। बारह-तेरह रातें हो गईं सोए, थक गई हूँ और नींद आ रही है। परेशान न करो, सोने दो।'

'ठीक है बाबा, आओ पाँव दबा देता हूँ।' उसने पैर अपनी ओर खींचे। मैंने हटा लिए–'छोड़ो यार, तंग मत करो।' 'तो बताओ, क्या दबाएँ जिससे तुम्हें नींद आ जाए।' उसने शरारत से पूछा–'कुछ नहीं।' मैंने सख्ती से कहा और करवट बदल कर लेट गई। मेरे मना करने के बावजूद बीच-बीच में रात भर वह छेड़छाड़ की कोशिश करता रहा लेकिन मैं जिद की तरह अडिग बनी रही। आँखें बन्द किये।

आँखें बन्द किये मैं जगी-जगी सोचती रही कि जिस जगह और जैसे मैं लेटी हुई हूँ, उसी जगह और वैसे ही वर्तिका भी कई बार लेट चुकी होगी। और हर्षुल वही

हरकतें मेरे साथ दुहराता-तिहराता रहा है जो उसके साथ करता रहा होगा। सोचती रही कि भीमताल छोड़ने से पहले हर्षुल को अहसास तो करा ही देना चाहिए कि मेरे ऐसे व्यवहार की वजह क्या है? मैंने निश्चय किया कि चलते समय उससे यह कहना ही काफी है कि मुझे यहाँ लाने से पहले कम से कम इस लिखावट को मिटा तो दिया होता।

काठगोदाम! शाम सात बजे। गाड़ी छूटने से पहले प्लेटफार्म पर हम दोनों एक-दूसरे के गले लग कर खूब रोए! हाँ, इतना जरूर है कि हमारी वजहें अलग-अलग थीं।

तीन

1

वासलीगंज आने के बाद अहसास हुआ कि मुझसे गलती हो गई है। उसके रोज-रोज आने वाले फोन इस गलती को और भी गाढ़ा कर देते। उसके फोन रोज आते—कभी दो बार, कभी-कभी तीन बार। रात को भी सोने से पहले। वह हर बार कहता—'बहुत याद आ रही हो। हर वक्त। हर जगह। उठते-बैठते-सोते-जागते। रहा नहीं जाता अब। जिया नहीं जाता अब। सोया नहीं जाता अब। अकेले की आदत नहीं रही अब। तुमने आदत बिगाड़ दी है। रातें लम्बी और भयावह होती जा रही हैं। क्या करूँ? कहाँ जाऊँ? तुम आ जाओ ना? देर क्यों कर रही हो? इन्तजार कर रहा हूँ मैं! ये रहीं खुली-फैली बाहें, बस आ जाओ।' उसकी आवाज में स्वाभाविक तड़प

होती, बेचैनी होती, मैं जब भी सुनती, अन्दर से हिल उठती।

मुझे अफसोस होता–हर बार–कि मैंने हर्षुल के साथ ज्यादती की। ज्यादती की अपनी बेवकूफी में। बेवकूफी में विदाई की उसकी भी रात खराब की और अपनी भी। अगर उसने वर्तिका से मजाक में 'ब्रा' की बात कर भी दी तो इसमें क्या बुरा था? उनकी उम्र है। वे बैचमेट हैं, साथ-साथ रहे हैं और हर्षुल मजाकिया तो है ही–क्या बुरा था? रही बेडरूम में दीवार पर नाम लिखा होने की बात तो इतने से कहाँ साबित होता है कि वे साथ सोते रहे हैं। यह कहाँ साबित होता है? न उन चौदह दिनों में कभी हर्षुल ने वर्तिका की चर्चा की और न वह नजर आई! और आई भी तो औपचारिकतावश!

दिल और दलदल एक जैसे होते हैं। दलदल में पाँव फँस जाय तो बाहर आना मुश्किल, दिल में कोई बात धँस जाय तो निकलनी मुश्किल। लाख चाहा कि वर्तिका को अपने दिल-दिमाग से निकाल फेंकें, नहीं हुआ, तंग आकर एक शाम अपनी सहेली के पास गई। यानी छत पर। भीमताल से लौटने के बाद पहली बार।

'वाह क्या बात है? रंग निखर आया है, चेहरे पर चमक आ गई है, देह भी भरी-भरी लग रही है।' मुझे ऊपर से नीचे तक देखती हुई छत मुसकराई।

मैं शरमा गई।

'कैसी रही पहली रात? उसे ब्लड-वड न दिखने पर शंका तो नहीं हुई?'

मैं हँसी—'अनाड़ी थोड़े हूँ यार! उसने उछलते-कूदते, साइकिल चलाते मुझे नहीं देखा था क्या? और सच पूछो तो दर्द के इजहार के लिए धब्बा दिखाई पड़ना जरूरी है क्या?'

'अरे? तुम इतनी कलाकार हो, मुझे पता ही नहीं था।'

उसकी इस टिप्पणी पर हँसती हुई घूमते-घामते वहाँ जा पहुँची जहाँ खड़ी होकर बाउंडरी पार से साज़िद के गाने सुनती थी। यह अनजाने हुआ था।

'अब क्या खड़ी हो वहाँ! वह तो कब का गया पड़ोस छोड़कर।

सुना नहीं? उसे कैम्पस में क्वार्टर मिल गया है!'

'पता है। यह बहुत अच्छा हुआ कि गया यहाँ से!'

'एक और अच्छी खबर मैंने सुनी है। सुना है इस शादी से हर्षुल के माँ-बाप नाराज हैं। उन्होंने बेटे के यहाँ कभी न आने की कसमें खाई हैं।'

'सही सुना है।'

'चलो बहुत अच्छा। जान बची उनके नखड़ों से। पति-पत्नी के

झगड़ों के ज्यादातर कारण ये सास-ससुर ही होते हैं। कोशिश तुम्हें यही करनी चाहिए कि वे नाराज ही रहें।'

मैंने हँसते हुए कहा—'सलाह तो अच्छी है लेकिन मुझे रहना ही कितने दिन है हर्षुल के साथ? छुट्टियों में ही तो?'

कुछ देर की खामोशी के बाद सहेली ने कहा—नाराज न हो तो एक बात पूछूँ? तुम्हारे सम्बन्ध साज़िद से भी हुए और हर्षुल से भी! इनमें क्या फर्क देखती हो?'

इस तरफ ध्यान नहीं गया था मेरा। मैं कुछ देर सोचती रही। 'इतना ही कह सकती हूँ कि साज़िद के साथ मैं अपने को खुली और उन्मुक्त महसूस करती थी! यहाँ एक तरह का संकोच है, एक लिहाज है कि मुझसे कहीं कुछ ऐसा न हो जाय कि वह गलत समझ बैठे या दुखी या नाराज हो जाय।'

नीचे से माँ ने आवाज दी। मैं सीढ़ियों की ओर चली। शादी के बाद से पापा-मम्मी की सेहत में तेजी से गिरावट आने लगी है—यह मैंने महसूस किया था।

सच पूछिए तो चिन्ता जीने का सबसे बड़ा सबब है। जब तक चिन्ता है तब तक जिन्दगी। चिन्ता खतम, जिन्दगी खतम। मैं देख रही थी कि पापा-मम्मी को ये चिन्ताएँ ही जिलाए चली जा रही थीं। कभी सुशांत की चिन्ता, कभी मेरी शादी की चिन्ता, कभी मकान की चिन्ता। उनके जीवित रहने के दो सबब तो नहीं रहे थे, लेकिन अब भी एक सबब बचा था—मकान। हमारे बाद इस मकान का क्या होगा? देखना था कि लगातार कमजोर होते जाने के बावजूद यह चिन्ता उन्हें कितने दिनों तक जीवित रखती है?

2

इधर कई दिनों से हर्षुल के साथ 'झगरा' करने का मेरा मन कर रहा था और यह मन अपने चरम पर पहुँचा था बसन्त पंचमी के दिन। जब मैंने मुहल्ले और बाजार के तमाम लोगों को भंग मिली ठंढाई पीते हुए और अबीर-गुलाल उड़ाते हुए देखा!

हमारे और हर्षुल के बीच यह 'झगरा' कूट शब्द था। इसकी खोज की थी साज़िद ने दादरा गाते हुए—हमारी सेजरिया पे आऽऽ साँवरिया, सारा झगरा खतम होइ जाये!' हम हैदराबाद में खा-पी के जब भी बिस्तर पर आराम करते, वह शरारत से कहता—'चलो हो गया आराम, अब थोड़ा 'झगरा' कर लें!' इस खोज को हर्षुल मेरी खोज समझता था।

मैं उसे रोज फोन करती और कहती–'अब बहुत हुआ। दो-चार दिन के लिए ही सही, आ जाओ, मन नहीं लग रहा है किसी काम में!' उसका भी मन नहीं लग रहा था लेकिन क्या करें? छुट्टियाँ नहीं बची थीं! वह होली की छुट्टियों के इन्तजार में था और मैं गर्मी की छुट्टियों के! मेरी छुट्टियाँ 15 मई से होने वाली थी 7 जुलाई तक के लिए। इतना बहुत था! वह बार-बार कहता कि नौकरी को गोली मारो, बस आ जाओ! नहीं तो होली तक सब्र करो।

एक दिन रात 11 बजे मैं अगले रोज के लिए क्लासनोट तैयार कर रही थी कि अचानक दिमाग में 'खट्' से हुआ–और हुआ कि हर्षुल को फोन करना चाहिए। मैंने फोन किया पहले उसके मोबाइल पर–एक बार, दो बार, तीन बार। रिंग जाती रही, उधर से कोई जवाब नहीं। फिर लैंडलाइन पर किया–दो-बार। अबकी भी उत्तर नहीं। 'गया कहाँ इस वक्त?' मुझे चिन्ता हुई। शाम को जब बात की थी तो वह कहीं जाने के लिए नहीं कह रहा था! यह उसके सोने का समय होता है।

उसने आधे-पौन घंटे बाद काल बैक किया।

'तुम थे कहाँ अभी तक?'

'बाथरूम में यार!'

'आधे घंटे से बाथरूम में क्या कर रहे थे?'

'तुम्हें याद कर-कर के आँसू बहा रहा था और क्या करूँगा?'

मैंने बातचीत काट दी गुस्से में। वह क्या बोल गया था उसे पता नहीं। बाथरूम कमरे से जुड़ा हुआ था। अगर उसके दरवाजे बन्द हों तब भी रिंग सुनाई पड़ती है। नहीं सुनाई पड़ती तो सिर्फ उसी हालत में जब लैंडलाइन का रिसीवर हटा दिया गया हो और मोबाइल साइलेंस पर हो। वह यही करता था हमारे सहवास के क्षणों में। आधे घंटे के लिए रिसीवर अलग कर देता था और मोबाइल साइलेंस पर ताकि डिस्टर्बेंस न हो।

खाली होने के बाद वह 'मिस्ड काल' देखता था और फोन करता था।

मेरे दिमाग में 'खटाक्' यूँ ही नहीं हुआ था। ठीक से समझ में आ जाने के बाद कोई अपने को छिपाना भी चाहे तो पूरी तरह नहीं छिपा सकता। वह आपके सामने हो या न हो, कहाँ क्या कर रहा होगा, क्या सोच रहा होगा–उसके बिना बताए हमें आभास हो जाता है।

मेरी आँखों के आगे भीमताल की रात का वह बेडरूम घूम रहा था।

वर्तिका बिन्दास किस्म की लड़की थी। भवाली ब्रांच में काम करती थी लेकिन उसका काटेज भीमताल के पास था। घर के काम-काज और देखभाल के लिए एक पहाड़ी नौकरानी थी। वर्तिका की माँ थी जो छः महीने अपने बेटे के पास रहती थी और छः महीने अपनी बेटी के पास। ये जानकारियाँ मुझे हर्षुल से ही मिली थीं। वह इससे अधिक उसके बारे में बात करने से बचता था!

तो हुआ यह होगा कि 8 बजे वर्तिका 'लेकव्यू होटल' से फिश करी, सींक कबाब, पुलाव लेकर आई होगी और कहा होगा कि ये खास तौर से तुम्हारे लिए तैयार किया है। बीयर की व्यवस्था हर्षुल ने की होगी। पीने-खाने के दौरान हर्षुल अपने अकेलेपन का रोना रोया होगा। यह भी कहा होगा कि ऐसी लड़की से शादी करके मैंने गलती की जिसके लिए पति से ज्यादा मूल्यवान उसकी दो कौड़ी की नौकरी है। फिर मेरी कमियाँ बताते हुए उसने वर्तिका की खूबसूरती के कसीदे पढ़े होंगे। यह कैसे हो सकता है कि पत्नी को हर मामले में हीनतर साबित किये बगैर दूसरे को प्रसन्न किया जाय?

इसके बाद तो अपने आप आ गई होगी नौबत रिसीवर हटाने और मोबाइल साइलेंस पर करने की!

बेडरूम के उस दृश्य ने मेरे क्रोध को घृणा में बदल दिया और मुझे लगा कि अपने घिनौने, डरावने और कालिख-पुते चेहरे के साथ जिस औरत पर हर्षुल नाम का आदमी झुक रहा है, वह और कोई नहीं, मैं हूँ। मुझे उबकाई आने लगी। मैं ताजी हवा के झोंके के लिए छत की ओर भागी।

उस समय रात के बारह बज रहे थे!

छत-मेरी सहेली चौंक कर उठ बैठी–'क्या है महुआ? परेशान क्यों हो?'

मैं उसे सारी बातें बताते-बताते लगभग रो पड़ी!

'यह एक रात नहीं है। 11 बजे की ऐसी रातें आती रहेंगी। तुम तो यहाँ हो। पता भी नहीं चलेगा तुम्हें? क्या करोगी?'

'उसका मुँह नहीं देखूँगी! थूक दूँगी उस पर!'

'हूँ।' सहेली हँसी–'होली में आएगा तो मैं देखूँगी। मैं हर्षुल को नहीं जानती लेकिन तुम्हें जानती हूँ। जानती हूँ कि उसे देखते ही उसकी बाहों में बिछ जाओगी और कोशिश करोगी कि उसे इतना दो कि वर्तिका को भूल जाय! लेकिन याद रखो, वह एक मर्द है, उसे हमेशा एक विकल्प चाहिए। तुम भी रहो लेकिन विकल्प भी रहे–तुम्हारे रहते हुए। समझा?'

मुझे उसकी यह टिप्पणी खल गई। उसने मेरा चेहरा देखा

और मुसकराते हुए फिर बोली–'और मर्द ही क्यों, औरत भी तो चाहती है। नहीं चाहती क्या?'

'तुम्हारा दिमाग खराब है।' मैंने कहा और वहाँ से चल पड़ी।

सहेली ने जो कुछ कहा था, उसे मैं गलत साबित नहीं कर सकी। होली के एक दिन पहले सुबह-सुबह सरोसामान के साथ जैसे ही दरवाजे पर हर्षुल को खड़ा देखा, लोकलाज की परवाह किये बगैर दौड़ कर उससे चिपट गई।

3

हर्षुल क्या आया कि घर में बहार आ गई। मम्मी खुश। पापा खुश। मुझमें तो अट नहीं रही थीं खुशियाँ।

वह नगर में रहा था! पूरी तरह परिचित था गली-गली से। शाम से पहले ही चौराहे गया और भंग की बर्फी ले आया। एक बर्फी मुझे खिलाया, दो खुद खाई। बोला–'डियर, ऐसा है कि आज चलते हैं मीरघाट। भीमताल में बड़ी चलाई हैं डोंगियाँ। डोंगी लेंगे और खुद ही बोटिंग करेंगे गंगा में। चलेंगे पार-रेत में।

वहीं–उसी पर अपने प्रेम का महाकाव्य लिखेंगे हम दोनों!

'होलिका दहन है आज। रास्ते भर बम-पटाखे छूटेंगे और गाली-गलौज करते हैं सब।' मैंने कहा।

'रात ग्यारह बजे हैं न होलिका दहन, तब तक लौट आएँगे। चलो।'

हम पर भंग का नशा छाने लगा था।

घाट पर पहुँचकर उसने एक छोटी-सी नौका ली—चार घंटे के लिए। बैठते ही उसने डाँड़ा सँभाल लिया। एक तरफ मैं, दूसरी तरफ वह। मुझे नींद आने लगी थी। अधलेटी हो गई मैं। डाड़ा चलाते हुए उसने हँस कर कहा—'जानू, भंग क्या कमाल दिखाती है, इसका पता रेत पर ही चलेगा तुम्हें!'

घंटा भर हो गया। पार और रेत का पता नहीं। थक कर वह पसीना-पसीना हो गया! उसने हाँफते हुए कहा—'यार, लगता है हम चुनार की तरफ जा रहे हैं पार नहीं। रुको, एक मल्लाह दिखाई पड़ रहा है, उसी से पूछते हैं कि क्या मामला है?'

उसने मल्लाह को आवाज दी।

आया वह।

हर्षुल ने पूछा—'भैया, घंटे भर हो गए खेते हुए, उस पार जाना था। अभी कितनी दूर है?'

मल्लाह थोड़ा और करीब आया! उसने हर्षुल को भी देखा और डोंगी को भी! हँसा—'आप चला क्या रहे हैं? नैया तो बँधी हुई है, खुली कहाँ?'

हर्षुल ने रस्सी देखी, डाँड़ा फेंका और ठठा कर हँसा—'उठो यार, घर चलें। अब उस पार जाने की हिम्मत नहीं है मुझमें।

हम रास्ते भर बँधी डोंगी के हिलते-डुलते रहने को याद करते हुए और हँसते हुए लौटे।

यह हम दोनों की पहली होली थी।

पहली बार इस घर में होली मनी।

सुबह होली की 'हुड़दंग' देखने हर्षुल बाहर निकला लेकिन थोड़ी देर बाद ही लौट आया–फटी कमीज और वार्निश पुते चेहरे के साथ। वह लाल-पीले-बैगनी रंगों से सराबोर था। उसने मुझे पकड़ा और चेहरे की वार्निश मेरे गालों और गरदन पर घिस डाली। फिर तो हम दोनों की तरफ से दोपहर तक रंगारंग कार्यक्रम चला और दोपहर बाद शाम तक गुलाल-गुलगुल। हाँ, यह बताना भूल गई कि जो महाकाव्य उस दिन रेत पर अलिखित रह गया था, उसके कई सर्ग हर्षुल के विदा होने तक पलंग और छत पर लिखे जाते रहे।

जाते समय उसने मुझे 15 मई की यात्रा का टिकट पकड़ाया और बताया कि गर्मी की छुट्टियों का पूरा कार्यक्रम मैंने अभी से 'चाक-आउट' कर रखा है। इसमें नैनीताल के बोट हाउस वाली योजना पर तो मर मिटोगी–हाय-हाय!

क्या अद्भुत नजारा होता है यार! आना तो देखना, हाँ?

4

नैनीताल में बोट हाउस क्लब के लाउंज के बगल में उसका लम्बा-चौड़ा टेरेस। यह टेरेस लकड़ी के तख्तों पर है—नीचे झील का नीला जल, ऊपर तख्तों का फर्श। दस-पन्द्रह कुर्सी-मेज। बहुत से लोग यहीं खाते-पीते हैं और चारों तरफ घेरे पहाड़ों की हरियाली और रोशनियों का नजारा लेते हैं। ऐसा लगता है जैसे वे झील के कटोरे में एक कोने बैठे हों—एक भव्य विशाल कैनवास पर रची गई पेंटिंग की तरह।

मई का यह अन्तिम रविवार था।

हमने निर्णय लिया था कि हर रविवार शाम यहीं बिताएँगे और दस बजे डिनर करके लौट जाएँगे। हम अपनी कार से भीमताल से आते; भूटिया मार्केट, पंत पार्क, मालरोड

घूमते और आठ बजते-बजते टेरेस पर आ धमकते। कोने वाली मेज अक्सर खाली मिलती जो हम दोनों की होती। ड्रिंक्स में उसकी पसन्द थी 'ब्लेंडर्स प्राइड' और मेरी जिन या वोदका। जब पनीर पकौड़े के साथ हमारे हाथों में गिलास आती तो दुनिया की सारी खुशियाँ मानो हमारे कदमों में लोटने लगतीं।

बोट हाउस का संसार 'फ्यूजन' का संसार था। शतरंज, ताश, बिलियर्ड, कैरमबोर्ड के साथ गानों और बाजों की धुनों पर थिरकने और नाचने वालों का संसार! ऐसे भी थे और मेज पर सिर टिका कर रोने और गाने वाले भी। सदस्यता बड़ी महँगी थी लेकिन क्लब का मालिक हर्षुल का क्लाएंट था और इसे पास दे रखा था उसने। यह हमारी अजानी-अदेखी दुनिया थी जिसमें हम खुद को बेगाना और मिसफिट पाते थे। हर्षुल अपने आफिस में काम करने वालियों के किस्से सुनाता और मैं अपने कालेज के हास्टल में रहने वाली लड़कियों के! बताती कि कितना फर्क आया है इन्हीं चार-पाँच साल आई नई जेनरेशन में। वार्डेन ने मेहतरानी को हिदायत दे रखी है कि हॉस्टल की सफाई बाद में करना, सबसे पहले नालियों में बहने वाले निरोध के पैकेट बटोरना। और लड़कियाँ इस मसले पर इतनी एकजुट हैं कि किसके कमरे में कब कौन लड़का आता है रात में? नहीं बोलतीं।

हम अपनी बातों में मशगूल थे कि बेतरतीब दाढ़ी और मूछों में गोलमटोल चेहरे वाला विस्मय और उल्लास से भरा एक युवक आया और मेज के पास खड़ा हो गया।

'आदाब अर्ज भाभी जी।'

मेरा जी 'धक्' से हो गया। मैं अन्दर तक काँप उठी।

'अकेले आप? साज़िद भाई नजर नहीं आ रहे हैं?'

मैंने आश्चर्य से पहले हर्षुल को देखा फिर उसे।

'नहीं पहचाना आपने? वही उमर ख़य्याम जिसे आप रुबाईवाला बोलती थीं?'

'मैं चुप हूँ तो बकवास किये जा रहे हैं? हैं कौन आप?'

उसने मुझ पर अपनी आँखें गड़ा दीं–'हैरत है। इतनी जल्दी भूल गईं आप? याद कीजिए हैदराबाद की चारमीनार जिस पर बैठ कर हमने बिरयानी खाई थी। फिर वहीं से गए थे मीनाबाजार जहाँ आपने मोतियों की तीन मालाएँ खरीदी थीं। याद आया?'

मैं फटी आँखों उसे ताकती रही। 'हर्षुल!' बोली–'सँभालो तुम्हीं अब! ये जनाब नशे में अनाप-शनाप जाने क्या-क्या बकते जाएँगे।'

'आप की तारीफ?' आखिर हर्षुल बोला।

'म्याँ, मैं इसी नैनीताल का हूँ। मल्लीताल में गरीबखाना है अपना। हैदराबाद यूनिवर्सिटी में उर्दू पढ़ाता हूँ। गर्मी की छुट्टियों में चला आता हूँ अपने वतन। और जनाब आप?'

'ठीक है, अब मेहरबानी करके यहाँ से तशरीफ ले जाइए?'

लेकिन वह कभी मुझे देखता कभी हर्षुल को और कुछ देर वैसे ही खड़ा रहा। जाने से पहले हँस कर बोला– 'दरअसल कसूर न मेरा है, न आप का। यह सारा खेल कुदरत का है। कभी-कभी वह दो चेहरे ऐसा गढ़ देती है कि गफलत हो ही जाती है। माफ कीजिए आप लोग मेरी इस गुस्ताख़ी के लिए। ख़ामखाह तकलीफ दी।' और वह चला गया लाउंज की तरफ।

मैंने राहत की साँस ली। जब तक वह खड़ा था, हर्षुल भी तनाव में था। वह भी सहज हो गया और लम्बी साँस छोड़ते हुए बोला–'कैसे-कैसे लोग होते हैं?' मैंने भी हँसते हुए कहा–'शुरू में मुझे तो लगा था कि तुम्हारा कोई दोस्त होगा। लेकिन जब उल्टी-सीधी बातें करने लगा तब चौंकी। नशे में था और मुझे कोई और समझ रहा था। लेकिन सुनो, डिनर अब यहाँ नहीं करेंगे। कहीं बाहर चलो पंजाबी होटल या ढाबे में। मन खट्टा हो गया। यहाँ अब आएँगे भी नहीं! जगह ठीक नहीं है।'

हम नैनीताल से वापस लौटे लगभग रात दस बजे! जब पहली बार आई थी तो साड़ी ब्लाउज में। लौटते समय रास्ते भर हर्षुल चुहल करता, छेड़ता, चिढ़ाता और मजाक उड़ाता गया था। उसका कहना था ब्लाउज पहनकर बाहर मत निकला करो। अगर ब्लाउज ही पहनना हो तो गले तक का हो, सब बटन बन्द हों। मैंने पूछा–'क्यों?' उसने कहा–'यह मुझसे नहीं, अपने गोलार्धों से पूछो। जैसे ही कहीं बैठो, हिलो-डुलो, झुको–वे बाहर झाँकने के लिए बेताब

हो उठते हैं। कभी-कभी तो लगता है, वे उछल कर बाहर आ जाएँगे–जैसे उनका दम घुट रहा हो।'

यह कुर्ता-पैंट उसी ने खरीदा था जिसने मेरी रक्षा की थी! मोतियों की वह माला कुर्ते के कालर में छिप गई थी जिसे साज़िद ने अपनी पसन्द से खरीद कर दिया था। अगर ब्लाउज रहा होता तो रुबाई वाले की नजर चली गई होती और आगे क्या होता–कहना मुश्किल है! कोई भी अभिनय मेरे काम न आता।

नैनीताल की बस्तियों को पीछे छोड़ने के बाद टेढ़े-मेढ़े पहाड़ी रास्तों से गुजरते समय हर्षुल को भी जगाए रखना था और खुद को भी; मैंने कहा–'कोई सीडी लगाओ, गाना सुना जाय, रास्ता कट जाएगा।' उसने कहा–'म्यूजिक सिस्टम खराब है। किसी दिन हल्द्वानी जाके ठीक कराना पड़ेगा।' फिर मैंने ही सवाल पूछने शुरू किये–हैदराबाद किस राज्य में है? कर्नाटक में या आन्ध्र में? कैसा शहर है? चारमीनार की खासियत क्या है? तुम्हारे इंस्टीट्यूट से कितनी दूर था? कितनी बार गये हो? वहाँ मार्केट कैसी है? हैदराबाद की मोतियों की क्या विशेषता है? मोतियों की मालाएँ तो हर जगह बिकती हैं लेकिन उन्हीं मालाओं की चर्चा क्यों होती है? कौन-सी खूबियाँ हैं उनमें?...वह कुछ के जवाब देता, कुछ पर चुप रह जाता। कभी-कभी झल्ला उठता! मुझे लगा, उसका ध्यान कहीं और है।

भवाली आते-आते गाड़ी की गति धीमी होने लगी और उसने झटके से एक किनारे खड़ी कर दी। 'ओफ्फो!' उसने मुझे देखा। उसकी आँखों में चमक आ गई थी–'इस कम्बख्त साज़िद ने मुझे कितना परेशान किया? तब से मुझे लग रहा था कि यह नाम मैंने कहीं देखा है लेकिन कहाँ देखा है–याद नहीं आ रहा था। मुझे अब-अभी याद आया। जब मैं पूछते-पाछते वासलीगंज में तुम्हारे घर पहुँचा था तो उसी के बगल में एक दूसरा घर था जिस पर एक नेमप्लेट लगा था। ऊपर उर्दू में लिखा था और नीचे हिन्दी में–साज़िद कुरैशी, लेक्चरर, मनोविज्ञान-विभाग। यह शायद वही साज़िद है जिसे उस रुबाई वाले ने पूछा था।

'तो?' मैं बोली!

'तो क्या, कुछ नहीं!' उसने सिर को झटका दिया और लम्बे हार्न के साथ गाड़ी स्टार्ट कर दी–'तो क्या, कुछ नहीं। साले, कितना तंग किया तूने साज़िद कुरैशी। हरामजादे!'...फिर व्यंग्य से मुसकराते हुए खुद-ब-खुद बोला–'लेकिन यह 'भाभी जी' मेरी समझ में नहीं आ रहा है भाभी जी!...भाभी जी, आप से ही पूछा रहा हूँ मैं?'

मैं उसके बगल की सीट पर थी। मेरे सामने ही गाड़ी पहाड़ियों पर रोशनी का फव्वारा फेंकती चल रही थी लेकिन मेरी आँखों के आगे अँधेरा था! क्या जवाब देती?

5

रात जिबह करती रही
भोर तक
उसे अलग, मुझे अलग
पलंग के उसी ठिये पर
वह करवटें बदलता रहा
और कड़ियाँ जोड़ता रहा साज़िद और भाभी और चारमीनार
और मोतियों की मालाओं के बीच
मैंने एक-दो बार कोशिश की प्यार का मरहम लगाने की
लेकिन वह दूर खिसक गया मेरा हाथ झटक कर
और बोलचाल बन्द कर दी,
बन्द तो भवाली से ही हो गई थी,
बस, चालू नहीं की।

सुबह तड़के उठा, अपनी चाय बनाई, पी
और अखबार लेकर बैठ गया बरामदे में
जाने पढ़ रहा था या सिर्फ उलट-पलट रहा था
मैंने नाश्ता तैयार किया, उसने नहीं खाया
मैंने लंच-बाक्स तैयार किया
उसे मेज पर ही छोड़ चला गया आफिस
लौटा देर से, कहा—'खाना खाकर आया है'
और तकिया उठाया और दूसरे कमरे में चला गया सोने!

मैं अकेली अपने 'बेडरूम' में।
मैंने अपने उन कपड़ों-लत्तों-किताबों और सामानों पर नजर डाली
जो जहाँ-तहाँ बिखरे थे,
उन्हें एक-एक करके ब्रीफकेस में ठूँसना शुरू किया
उन सामानों को छुआ भी नहीं
जिन्हें हर्षुल ने
या उसके माँ-बाप ने दिये थे।
जब सारा कुछ ठीक-ठाक हो गया तो मैं हर्षुल के कमरे में गई
वह टेबुल-लैम्प की रोशनी में लैपटॉप पर कुछ काम कर रहा था
'मैं टैक्सी स्टैंड फोन करने जा रही हूँ कल सुबह के लिए' मैंने कहा!
'सुबह क्यों, अभी जा सकती हो।'

थोड़ा रुक कर मैं बोली–'कहो तो सोचने-विचारने के लिए
दो-तीन दिन और दे सकती हूँ तुम्हें?
'नहीं, मैं अब बर्दाश्त नहीं कर पा रहा तुम्हें!'
'सोच लो! तुम आवेश और उत्तेजना में हो, सामान्य नहीं!'
'सोच लिया! जाओ सुबह तक ही सही लेकिन पिंड छोड़ो!'
मैं लौट आई अपने कमरे में यह कहते हुए–
'तुम कभी मेरे पास एक चिट छोड़ आए थे–
'पछताओगे सुनो हो ये बस्ती उजाड़ के।' याद है?
'तब की बात और थी' उसकी आवाज सुनाई पड़ी मुझे!

मैं हर्षुल को प्यार करती थी
इसलिए कि वह अधिक से अधिक दोस्त
और कम से कम 'पति' था
वह कभी उम्मीद नहीं करता था कि उसके जूते और मोजे लाऊँ
आलमारी से पैंट और शर्ट पकड़ाऊँ
गाड़ी की ताली ढूँढूँ
कोई चीज भूल गया हो तो याद दिलाऊँ या दौड़ कर बाहर पहुँचाऊँ
पति जैसा दम्भ पालने या रोब जमाने या दबदबा बनाने की कभी उसने कोशिश नहीं की।
यह वह भी मानता था और मैं भी

कि पति-पत्नी नमक-पानी नहीं है–
कि इस तरह घुल-मिल जायँ
कि न पानी पानी रहे, न नमक नमक
उन दोनों की अपनी-अपनी प्राइवेसी होनी चाहिए
और अपनी अपनी जिन्दगी।

लेकिन यह सारा विवेक धरा का धरा रह गया
देह ने बाजी मार ली–इस नश्वर देह ने।
हम हर चीज के बँटवारे सह लेते हैं
लेकिन देह का बँटवारा नहीं सहा जाता।
ऐसा क्यों है?
ऐसा क्या है देह में कि उसका तो कुछ नहीं बिगड़ता
लेकिन मन का सारा रिश्ता-नाता तहस-नहस हो जाता है।

रात टैक्सी का इन्तजार करते गुजरी
वह समय पर आई सुबह आठ बजे
मैं ब्रीफकेस के साथ जैसे ही निकली, ड्राइंग रूप में बैठा
हर्षुल दिखा।
'रुको, कुछ जानकारियाँ चाहिए मुझे।' उसने कहा।
ब्रीफकेस रख दिया और बैठ गई।
मैंने सीधे उसकी आँखों में देखा–
'हर लड़का और हर लड़की के पीछे एक 'बीता कल'
होता है
जिसके बारे में नहीं बात करनी चाहिए। खैर, ठीक है,
पूछो!'

'तुम हैदराबाद गई थीं?' उसने शुरू किया।

'हाँ'

'साथ में साज़िद भी था?'

'हाँ'

'साथ ही ठहरी थीं?'

'हाँ'

'एक ही कमरे में?'

'हाँ'

'कितने दिन?'

'दस-बारह दिन।'

वह चुप रहा थोड़ी देर। फिर सिर उठाया। वह क्रोध से काँप रहा था।

'यह माला उसी की है?'

मैंने अपने गले में पड़ी मोतियों की माला देखी। बोली–

'पसन्द उसकी है, पैसा मेरा है।'

उसने झपट्टा मार कर माला खींची और गलीचे पर बिखरे दानों को रौंदना शुरू किया।

मैंने उसका तमतमाया हुआ चेहरा देखा और हँस पड़ी।

'दो और मालाएँ हैं ब्रीफकेस में, कहो तो उन्हें भी निकाल दूँ।

वह खड़ा हो गया। चीखते हुए मेरे पेट की ओर इशारा किया–

'निकाल फेंको उसे। मुझे नहीं चाहिए!'

यह मेरे ढाई महीने के गर्भ की ओर इशारा था!

मैंने उसी भाव से हँसते हुए कहा–'क्यों, जूठा है?'

'बस कह दिया, नहीं चाहिए!'

'पेट मेरा है। पैदा मुझे करना है। तुम्हें किस बात की तकलीफ है?'

मैंने ड्राइवर को बुलाया और पीछे की सीट पर ब्रीफकेस रखवा दिया। चलने से पहले मैंने देखा—वह सुनसान घर के बरामदे में खड़ा अपने उसी उत्तेजित चेहरे के साथ मुझे घूर रहा है और हाँफ रहा है। मैं थोड़ा उसकी तरफ बढ़ गई—'हर्षुल, मैंने तुमसे कभी नहीं पूछा कि पिछले तीन साल से ही नहीं, आज भी तुम वर्तिका बनर्जी के साथ क्या कर रहे हो? क्या कर रहे हो, जानती हूँ लेकिन नहीं पूछूँगी। इतना याद रखना।'

ब्रीफ़केस के बगल में बैठते हुए ड्राइवर से कहा—'हाँ, अब चलो भैया...लेकिन आराम से। कोई जल्दी नहीं है।'

❑❑❑